# 智囊

第三卷

〔明〕冯梦龙 编著
李楠 编译

# 委蛇卷十三

【导读】

本卷收集了古人虚与委蛇而全身远祸或成就大事的故事。委蛇，即随顺，虽明于是非，但为利害关系而暂泯是非。有委蛇而全身者，如箕子装醉辞以不知时日而避祸，王翦多请田宅为子孙业以消秦始皇之疑心，萧何多买田地、贱赊高贷以免汉高祖之忌，王戎劝其弟王敦称誉孙秀而获救。有委蛇而除奸救国者，如北宋王曾对丁谓一切委顺才得以独见皇上揭丁谓之罪；周忱以绒毯馈赠王振而使江南百姓得福；明代胡宗宪以礼物结交严嵩才免受其牵制，得以大展手脚清除倭患；杨一清借宦官张永之力才得以除去祸国之权宦刘瑾。另外，如翟方进让学生向胡常求问经文大义以示尊重，叔孙通服短衣楚制得为刘邦接纳，王守仁令门下习之博以亲近王畿，皆可谓得委蛇之真髓。

【原文】

道固委蛇①，大成若缺②。如莲在泥，入垢出洁。先号后笑③，吉生凶灭。集《委蛇》。

【注释】

①道固委蛇：《史记·叔孙通传》："叔孙通希世度务，制礼进退，与时变化，卒为汉儒宗。大直若诎，道固委蛇，盖为是乎？"按此"委蛇"，有柔顺之意。

②大成若缺：《老子》："大成若缺，其用不敝。"与"大智若愚"句意同。

③先号后笑：《易》："先号咷而后笑。"

【译文】

逶迤曲折之道，完满之中似有缺陷。正同生长在污泥中的莲蓬，经过洗涤才得显出本来面目。先是哭号，后是微笑，运用得法，就能趋吉避凶。所以，辑有《灵变》一卷。

## 箕子装醉避灾祸

纣为长夜之饮而失日①，问其左右，尽不知也。使问箕子，箕子谓其徒曰：『为天下主，而一国皆失日，天下共危矣！一国皆不知，而我独知之，吾其危矣！』辞以醉而不知。

【梦龙评】凡无道之世，名为天醉。夫天且醉矣，箕子何必独醒？观箕子之智，便觉屈原之愚②。

【注释】

①失日：弄不清是什么日子。

②屈原之愚：屈原，战国时期楚怀王大夫，为奸邪谗毁，放逐江滨，而怀王为秦人愚弄，克死异国。屈原行吟大泽之畔，有『天下皆醉我独醒』之句，故此言其『愚』。

【译文】

殷纣王彻夜饮酒作乐，忘记了时日，问身边的人，也不知道日期。殷纣王派人去问箕子，箕子对他的弟子说：『作为天下的主宰，而整个国家的人都忘记了日期，天下人都危险了。整个国家的人都不知道时日，而只有我一人知道，我也就危险了。』于是假装喝醉了酒，说不知道日期。

【梦龙评】昏庸无道的时代，那可以称为天醉。天都喝醉了，那箕子又何必独自清醒呢？看箕子的智，就觉得屈原够傻——他非要来个『举世皆醉我独醒』。

## 孔融依势劝献帝

荆州牧刘表不供职贡，多行僭伪，遂乃郊祀天地①，拟斥乘舆。诏书班②下其事，孔融上疏，以为『齐兵次楚，唯责包茅。今王师未即行诛，且宜急郊祀之事，以崇国体。若形之四方，非所以塞邪萌』。

【梦龙评】凡僭叛不道之事，骤见则骇，习闻则安。力未及剪除而章其恶，以习民之耳目，且使民知大逆之逋诛，朝廷何震之有？召陵③之役，管夷吾不声楚僭，而仅责楚贡，取其易于结局，度势不得不尔。孔明使人贺吴称帝，非其欲也，势也。儒家『虽败犹荣』之说，误人不浅。

【注释】

①郊祀天地：祭祀天地，是天子举行的仪式。

②班：颁布。

③召陵：古邑名，春秋时楚邑，在今河南省郾城东。

【译文】

东汉末年，荆州牧刘表不向朝廷进贡，所作所为多有僭越，竟然到郊外祭祀天地，自比于天子。朝廷颁布诏书，将刘表的僭越之事下示群臣。孔融（字文举，曾任北海相。建安七子之一）上疏，认为：『春秋时齐国的军队驻扎在楚国境内，只是指责楚国不向周天子贡奉地方特产（包茅：楚国进贡的一种茅草，天子祭祀时把茅包束起来，灌之以酒，为缩酒）。如今，刘表僭越，王师没有即行诛伐，姑且应该以郊祀天地之事最为急迫，以使国体在人们心目中高大起来。如果把刘表郊祀天地的事告知天下，则不是用来堵塞邪恶滋生的办法。』

【梦龙评】举凡叛逆的事，一下子遇到总是骇人听闻，慢慢地听说也就习以为常了。官方的力量不足以把叛逆扼杀在摇篮里的时候，就让人们渐渐熟知这样的事，并且使人们都知道这样的大逆可以逃避惩罚，那朝廷还有什么威望可言？就说那召陵一战，实际上是管仲给齐桓公出的主意，故意不说楚国叛逆，只说他进贡的礼节不到位，就是为了容易收场，因为楚国也不是软柿子，根据当时的情形，齐国也不得不如此。三国时候诸葛亮派使臣向孙权道贺称帝，也不是出于真心，不过是形势所迫。儒家常说『虽败犹荣』，怂恿了多少人冒冒失失不计实力对比，去强做一些不合时宜的事，真是害人不浅！

## 王曾借机贬丁谓

丁晋公执政，不许同列留身①奏事，唯王文正②一切委顺，未尝忤其意。一日，文正谓丁曰：『曾无子，欲以弟之子为后，欲面求恩泽，又不敢留身。』丁曰：『如公不妨。』文正因独对，进文字一卷，具道丁事③。丁去数步，大悔之。不数日，丁遂有珠崖之行④。

【梦龙评】王曾独委顺丁谓，而卒以出谓。蔡京首奉行司马光⑤，而竟以叛光。一则君子之苦心，一则小人之狡态。

【注释】

①留身：独留于皇帝身边。

②王文正：王曾，谥文正。

③丁事：指丁谓所行奸恶事。

④珠崖之行：指丁谓罢相，谪于崖夕。珠崖，崖州古称。

⑤蔡京首奉行司马光：元祐时，司马光秉政，复差役法限期五日，同列诸官均嫌太迫，京独如期恢复旧法：『使人人奉法如君，何环可行之有！』后蔡京擅政，元祐诸臣贬窜略尽，意犹未足，乃列『奸党』之目，以司马光为首，刻石颁布全国。

【译文】

丁谓（封爵晋公）执政，不许同朝官员独自一人留在皇帝身边奏事，只有王曾（谥文正）一个一切都听从丁谓的，不曾违忤丁谓的意思。一天，王曾对丁谓说：『我没有儿子，想以弟弟的儿子继嗣，因而想当面请求皇帝开恩，但又不敢独自一人留在皇上身边。』丁谓说：『像你这样的人，独自一人留下也无妨！』王曾因而单独进见皇上，进呈一卷文字，详细述说丁谓所做的坏事。丁谓刚离开几步，就非常后悔让王曾留下来。过了没几天，丁谓就被罢免宰相之职，贬到崖州。

【梦龙评】只有王曾对丁谓顺从有加，最后却是他将丁谓贬至崖州。蔡京率先行司马光的政策，最后背叛司马光的也是他。一个是君子的苦心，一个是小人的狡诈。道德评判不同，手法却没什么区别。

## 张永按计除阉臣

杨文襄一清，与内臣张永同提兵讨安化王。杨在军中语及逆瑾事，因以危言动永，即于袖中出二疏，一言平贼事，一言内变事①。嘱永曰：『公班师入京见上，先进宁夏疏②，上必就公问，公诡言请屏人语，乃进内变疏。』永曰：『即不济，奈何？』公曰：『他人言，济不济未可知，公言必济。顾公言时，须有端绪。万一不信公，公可顿首请上即时召瑾，没其兵器③，劝上登城④验之：「若无反状，杀奴喂狗。」又顿首哭泣。上必大怒瑾。瑾诛，公大用，尽矫其所为。吕强⑤、张承业与公千载三人耳⑥！但须得请即行事，勿缓顷刻！』永勃然作曰：『老奴何惜余年报主乎！』已而永入见，如公策，事果济。瑾初缚时，得旨降南京奉御⑦。瑾上白帖，乞一二敝衣盖体。上怜之，令与故衣百件。永惧，谋之内阁，令科道劾瑾。劾中多波及阿瑾诸臣。永持疏至左顺门，谓诸言官曰：『瑾用事时，我辈亦不敢言，况尔两班官？今罪止瑾一人，勿动摇人情也！可领此疏去，急易疏进！』此疏入，瑾遂正法，止连及文臣张彩一人、武臣杨玉等六人而已。

**【梦龙评】除瑾除彬⑧，多借张永之力。若全仗外庭，断不济事。永不欲旁及多人，更有识见。然非杨文襄智出永上，永亦不为之用。吁！此文襄所以称『智囊』也！**

【注释】

①内变事：指刘瑾谋逆事。

②宁夏疏：关于宁夏之事的疏。安化王朱寘鐇在宁夏，故称平安化王之疏为宁夏疏。

③没其兵器：查抄刘瑾家中私藏之兵器。

④登城：登皇城（紫禁城）以往外观。

⑤吕强：东汉宦官，灵帝始封宦官，吕强故辞不受。黄巾起，吕强请诛左右贪浊者，大赦党人，整顿吏治。后为中常侍赵恽陷害，自杀。

⑥三人耳：千年之内，宦官中唯此三人为贤而已。吕强、张承业均为历史上有名的忠义宦官，故云。

⑦奉御：宦官官名。

⑧彬：江彬。

## 【译文】

明武宗时，杨一清与宦官张永一起举兵讨伐安化王。

在军中，杨一清曾与张永谈到阉臣刘瑾，分析其中利弊，劝说张永告发刘瑾，接着从衣袖中取出两道奏疏，一道陈述平定安化王谋反的战略，另一道则是分析刘瑾有叛变的意图。

最后，杨一清嘱咐张永说：「您率军回京拜见皇上时，先呈平定安化王的奏章，皇上一定会再进一步详细询问，这时您借机要求皇上屏退左右，再进皇朝中暗埋内乱的奏章。」

张永说：「万一这招不管用，又该如何呢？」

杨一清说：「假如是旁人，我不敢断定是否管用。但如果是您，只要论事时能有条有理，一定管用。万一皇上不相信您所说的话，您就叩头请皇上立即召刘瑾，下令先没收刘瑾兵器，劝请皇上亲自检阅，扬言如果找不到刘瑾谋反的证据，愿意拿自己这条命喂狗。接着一面痛哭一面连连叩头，这时皇上对刘瑾一定大为生气。

「刘瑾被诛，您一定受皇上重用，可以尽全力矫正以往朝政的缺失，那么吕强、张承业与您可说是千年来的三大忠臣，但这事要赶紧进行，不能有拖延。」

张永愤慨地说：「我如此年纪为朝廷尽忠，哪是为求日后的回报？」

不久，张永回京谒见皇上，一切正像杨一清所计划的那样。

刘瑾被收押后，奉圣旨被降为南京奉御。刘瑾上奏自承罪状，乞求武宗赐一两件旧衣蔽体，武宗不忍心，下令赐百件旧衣。张永见武宗仍可怜刘瑾，怕日后生变，与内阁中的好友商议，命都察院弹劾刘瑾，然而都察院弹劾的奏章中，牵连到许多阿附刘瑾的大臣。

张永立即拿着奏章来到都察院，说：『刘瑾专权时，连我都不敢挺身直言，更何况是其他官员呢？今天朝政败坏全是刘瑾一人的过错，不要再波及他人，动摇人心，请立刻收回这道奏章。另呈一道。』当奏疏呈上后，刘瑾果被正法，受牵连的只有文臣张彩一人、武将杨玉等六人而已。

**【梦龙评】** 除去刘瑾、江彬，多半是依靠了张永的力量。如果全都仰仗外臣，断然不能成功。张永不希望牵连太多大臣，更是远见卓识。然而若不是杨一清智略比张永更胜一筹，张永也不会听他的，就不能起到这样的作用了。啊，这就是杨一清被称为『智囊』的缘故吧！

## 许武借财扬弟名

阳羡人许武[①]，尝举孝廉，仕通显，而二弟晏、普未达。武欲令成名，一日谓二弟曰：『礼有分异[②]之义，请与弟析资[③]，可乎？』于是括财产三分之，武自取肥田广宅、奴婢强者，而推其薄劣者与弟。时乡人尽称二弟克让，而鄙武贪。晏、普竟用是名显，并选举。久之，武乃会宗亲，告之曰：『吾为兄不肖，盗声窃位，二弟年长，未沾荣禄，所以向求分财，自取大讥，为二弟地耳。今吾意已遂，其悉均前产。』遂出所赢，尽推二弟。

【梦龙评】让财犹易，让名更难。

【注释】

①许武：东汉时人。

②分异：兄弟析产异居。

③析资：分财产。

【译文】

东汉时的阳羡人许武，被推举为孝廉，仕途十分顺利，但他的两个弟弟许晏和许普，却仍默默无闻（在那个时代，要出人头地并不是靠读书科举，主要是靠良好的品行得到地方上的举荐，许武就是这样走上仕途的）。为了让两个弟弟也成名，有一天，他就对两个弟弟说：『礼也有关于兄弟分家的规定，我想和你们分家，你们看行不？』于是，许武将家产分成三份，把好房子好地以及体力强壮的奴仆都分给自己，把其余劣等的都分给弟弟。两个弟弟都没争什么，乡里乡亲都看在眼里，大家都称赞两个弟弟能礼让，又说许武是个贪婪卑劣的人。因为这件事，许晏、许普也出了名，都被推举为孝廉。过了一阵子，许武召集宗族亲属，告诉大家说：『我这个做哥哥的不怎么样，侥幸被推举为孝廉做了官，但两个弟弟年龄不小了，却还没有找到理想的出路。当初我要求分家，多拿多占给自己招来很多非议，这都是为了给两个弟弟做打算。现在目的达到了，也应该重新把财产公平地分割一下了。』于是把自己先前多拿的悉数还给了两个弟弟。

【梦龙评】让财还容易，让名更难。

## 王戎远虑免杀身

戎①族弟敦，有高名。戎恶之。每候②戎，辄托疾不见。孙秀③为琅玡郡吏，求品于戎从弟衍。衍将不许，戎劝品④之。及秀得志，有夙怨者皆被诛，而戎、衍⑤并获济焉。

【梦龙评】借人虚名，输⑥我实祸，此便知衍不及戎处。

【注释】

①戎：王戎，幼颖悟，与阮籍为友，常为竹林之游。晋惠帝时附贾后，官至司徒。性极贪吝。

②候：看望、问候。

③孙秀：初为琅琊外史，谄事赵王司马伦，与伦同谋杀贾后，逼惠帝禅位。为侍中监，多杀忠良，威权震朝廷。

④品：品第、品评。魏晋时士大夫崇尚品评人物，一为名流所品，则声誉百倍。

⑤衍：王衍，字夷甫，为晋时名士，善清谈，名倾当龟，信口品评，朝野翕然，时谓之『一世龙门』。

⑥输：送。

【译文】

王戎的同宗兄弟王敦，名气很大。王戎讨厌他，每次王敦来看他的时候，他就假称有病不见。孙秀在琅琊玡做官时，请求王戎的堂弟王衍称誉他的品行。王衍打算拒绝，王戎劝他称誉孙秀的品行。等到孙秀得志的时候，和孙秀过去有仇恨的人都被杀了，而王戎、王衍却得到了孙秀的帮助。

【梦龙评】满足别人的虚荣，以免除日后的杀身之祸，由这件事，就可看出王衍不及王戎。

# 阮籍假醉保性命

魏晋之际，天下多故①，名士鲜有全者。阮籍②托志酣饮，绝不与世事。司马昭③初欲为子炎求昏④于籍。籍一醉六十日，昭不得言而止。钟会数访以时事，欲因其可否致之罪，竟以酣醉不答获免。

【注释】

①多故：政局多变动。指司马氏与曹魏的斗争。

②阮籍：字嗣宗，博览群书，尤好《老》《庄》。善饮酒，不言世事，依违于曹氏、司马之间，卒以免祸。

③司马昭：司马懿次子，继兄司马师为大将军，专国政，封晋王。其子炎终夺魏天下，为晋武帝。

④昏：同『婚』。

【译文】

魏晋禅代之际，天下多有变故，名士很少有全身免祸的。阮籍（字嗣宗，陈留尉氏人。竹林七贤之一）在豪饮中寄托心志，绝不参与社会活动。当时执政的大将军、晋王司马昭当初想替儿子司马炎即后来的晋武帝向阮籍求婚，娶阮籍的女儿做儿媳。阮籍一醉六十天不醒，司马昭找不到说话的机会就作罢了。大臣钟会（字士季，官至司徒，率军灭蜀）曾多次问阮籍时政，想根据他是赞成还是反对治他的罪，阮籍竟然大醉不醒，不做回答，因而幸免。

## 德成借酒免杀身

洪武中，郭德成[1]为骁骑指挥。尝入禁内，上以黄金二锭置其袖，曰：『第归勿宣。』德成敬诺。比出官门，纳靴，佯醉，脱靴露金。阍人[2]以闻。上曰：『吾赐也。』或尤之，德成曰：『九阍[3]严密如此，藏金而出，非窃耶？且吾妹侍宫闱，吾出入无间，安知上不以相试？』众乃服。

【注释】

①郭德成：明时因其妹进位宁妃，充骠骑舍人。性嗜酒，淡泊名利，后因胡惟庸党事起而自全。

②阍（hūn）人：守门人。

③九阍：内宫。

【译文】

明朝洪武年间，郭德成任骁骑指挥，有事进宫，太祖把两锭黄金塞进郭德成的袖子，并说：『拿着回去就行了，别张扬。』他恭恭敬敬答应了。出宫门时，他又把黄金放进靴子，接着假装醉酒，脱靴时故意把黄金掉到地上。守门人向皇帝汇报了这件事。太祖说：『那是朕赏赐给他的。』责怪郭德成太不小心，郭德成说：『皇宫戒备如此森严，揣着黄金走出去，那不成了偷盗吗？再说我妹妹是皇妃，我出入宫中比较自由，怎知不是皇上在试探我呢？』于是大家对郭德成都很佩服。

## 崇韬收贿献皇帝

郭崇韬[1]素廉，自从入洛，始受四方赂遗。故人、子弟或以为言，崇韬曰：『吾位兼将相，禄赐巨万，岂少此耶？今藩镇诸侯多梁旧将，皆主上斩袪、射钩之人，若一切拒之，能无疑骇？』明年，天子有事南郊，崇韬悉献所藏，以佐赏给。

南唐主以银五万两遗赵普，普以白宋主。主曰：『此不可不受，但以书答谢，少赂其使者可也。』普辞，宋主曰：『大国之体，不可自为削弱，当使之弗测。』及从善②来朝，常赐外密赉白金，如遗普之数。唐君臣皆震骇，服宋主之伟度。

**【梦龙评】**赂遗无可受之理，然廉士或始辞而终受，而明主亦或教其臣以受，全要看他既受后作用如何，便见英雄权略。三代以下将相，大抵皆权略之雄耳！

**【注释】**

①郭崇韬：五代后唐人，累官兵部尚书、枢密使。劝庄宗袭汴州，八日灭梁。尽忠国家，遇事劝谏。后为刘皇后使宦官矫诏杀之。

②从善：南唐后主李煜之弟，官太尉、中书令。降宋后封南楚国公。

**【译文】**

后唐的郭崇韬素来清廉正直，自任官洛阳后，才开始收受各方的赠礼或贿金。他的故旧或下属，因而批评他的行为。

郭崇韬说：『我现在官至将相，每年俸禄赏赐千万，什么时候把这些许贿金礼品放在眼里？但现在戍守各地的藩镇，多半是后梁归降的将领，他们都是陛下所器重的将才，假如我坚决不受，能保各藩镇心中不起疑心吗？』

次年，皇帝在京师附近举行郊祭，郭崇韬于是把所收到的贿金及礼物，全都捐献出来。

南唐李后主派人送五万两白银给赵普，赵普将此事上奏太祖赵匡胤。

宋太祖说：『南唐主的赠金不可不接受，你不妨写一封信向南唐主表示感谢，另外再给那位使臣一些赏钱就可以了。』

赵普拜辞出宫后，宋太祖自言自语说：『身为大国不能自贬身份，朕要让南唐觉得朕高深莫测。』

等南唐主的弟弟李从善进京晋见太祖时，太祖除了一般例行的赏赐外，另外暗中派人送给李从善白银，数目和南唐主送给赵普的一样。李从善将此事报告南唐主后，南唐君臣无不震惊，并且赞赏佩服宋太祖的气度。

【梦龙评】贿赂是没有收受的理由的，但清廉的人往往开始拒绝而最后收受，而英明的君主也许会教他的臣下接受，不过要看接受以后的作用，这样就可以看出英雄的权谋。三代以后的将相，大致都是玩弄权术的高手！

# 谬数卷十四

【导读】

本卷主要收集了古人以出人意料之计策处理各类事情的故事。谬，即反常，不同寻常，出人意料，令人难测。以谬数对敌者，如宋太祖选少年僧人有口辩者南渡与南唐后主论性命之学以使其怠惰国事、战国时赵国宁越主张归尸齐国以内攻之、楚国的慎子将三种不相容之策略同时施用以对付齐国、何承矩假托赏蓼花而开塘泊以防敌，皆是『去其昭昭，用其冥冥』。有以谬数平乱者，如段秀实延长漏刻而败王童作乱之谋，冯瓒令促更筹、未夜分击五鼓扰敌贼盗之心而败之，仆散忠义使守更吏挝鼓鸣角假称天晓挫败囚徒越狱计划等等，所用计谋皆出人意料。有以谬数而全身者，如王忠嗣以先期到达避免卷入安禄山叛乱阴谋之中，谢安使袁宏反复修改奏章以阻给桓温加锡之事，李郃祝贺窦宪娶妻故意迟留而免祸，皆可谓善用谬数以自保者。周武王以免戍边而诱百姓捐粮，齐桓公以强制手段使富室散谷，管子献策使百姓争为囷京以藏谷，范仲淹以倡宴饮、兴土木而赈灾，皆是以谬数强国者。另外如唐太宗与萨驸马阮双陆，佯不胜以调和公主夫妇之关系；狄青让刘易终日啖苦野菜以治其怪癖；王安石利用其妻之洁癖使之答应归还所借官府之滕床，皆令人忍俊不禁。

【原文】

似石而玉，以錞①为刃。去其昭昭，用其冥冥。仲父②有言，事可以隐。集《谬数》。

【注释】

①錞：矛戟下端以金属包之，平底者曰錞。

②仲父：齐桓公称管仲为仲父。

【译文】

宝玉有时看上去像石头，戈戟的柄套有时也能作为兵刃。去掉明显可见的一面，运用幽深隐秘的一面。管仲曾说过：成事要有所隐蔽。因此集《谬数》卷。

## 宋祖派僧惑唐主

宋祖闻唐主酷嗜佛法，乃选少年僧有口辩者，南渡见唐主，论性命之说①。唐主信重，谓之『一佛出世②』，由是不复以治国守边为意。

【梦龙评】茅元仪③曰：『与越之西子④何异，天下岂独色能惑人哉！』

【注释】

①性命之说：关于人的本性及命运的宿命论学说。

②一佛出世：活佛出世。

③茅元仪：明末人，崇祯时佐孙承宗军务，历官副总兵，守觉华岛。旋以兵哗变遣戍漳浦。边事集，请募死士勤王，为庸奸所忌，悲愤而卒。

④越之西子：指越王勾践献西施于吴王夫差，使其沉湎酒色，堕其心志，终以灭吴。

【译文】

宋太祖赵匡胤听说南唐李后主酷爱谈佛理，就挑选能言善辩的少年僧侣，渡江去见李后主，讨论性命之说。李后主十分看重少年僧侣，称之为『一佛出世』，因此不再把治理国家和防卫边境放在心上。

【梦龙评】茅元仪说：『宋太祖派和尚去南唐一事，跟越国派西施迷惑吴王夫差有什么不一样呢？天下岂止美色才能迷惑人。』

## 武王借役收谷粟

武王①立重泉之戍②，令曰：『民有百鼓之粟者不行③。』民举所最④粟以避重泉之戍，而国谷二十倍。见《管子》。

【梦龙评】假设戍名，欲人惮役而竞收粟，倘亦权宜之术，而或谓圣王不应为术以愚民，固矣！至若《韩非子》⑤谓：汤放桀⑥欲自立，而恐人议其贪也，让于务光⑦，又虞其受，使人谓光曰：『汤弑其君，而欲以恶名予子。』光因自投于河。文王资费仲⑧而游于纣之旁，令之间纣以乱其心。此则孟氏⑨所谓『好事者为之』，非其例也。

【注释】

①武王：周武王姬发。

②立重泉之戍：要在重泉一带设立戍防。

③有百鼓之粟者不行：能捐与国家百鼓之粟者，可不去服役。鼓，此作量词。

④最：积累。

⑤《韩非子》：战国末年法家思想家韩非所著，共五十五篇。

⑥汤放桀：汤灭夏，放桀于南巢。

⑦务光：当时隐士。

⑧文王资费仲：周文王送资财给费仲。费仲，商纣王之佞臣。

⑨孟氏：孟轲。引句见《孟子·万章上》。

【译文】

周武王在重泉设立戍防，发布命令说：『能够捐出一百鼓粮食的百姓，可以不去戍边。』老百姓就把积聚的粮食捐出来，以躲避到重泉去戍边，国家的粮食因此而增加了二十倍。

【梦龙评】武王假借征调百姓戍守远地为名，想借百姓恐惧离乡的心理，征收谷粟充实国库，这只是一时权宜之计，有人却批评圣贤的君王不可用权术来欺骗百姓。

《韩非子》中曾记载：商汤讨伐夏桀后想自立为帝，又怕世人讥评他是因称王的贪念才伐桀，于是故意推举务光为王；但又怕务光真的接受，就故意派人对务光说：『汤杀他的君主，却想将杀君的罪名嫁祸给你。』务光听了，就投河自尽。另外，文王也曾用重金贿赂费仲，要他日夜在纣王身边谗言谄媚，迷惑纣王心智，我认为这才是孟子所谓喜欢捏造假语生事之人。

## 晏婴撞车驱恶习

齐人甚好毂击①，相犯以为乐，禁之不止。晏子②患之，乃为新车良马，出与人相犯也，曰：『毂击者不祥。臣其祭祀不顺、居处不敬乎？』下车弃而去之，然后国人乃不为。

【注释】

①毂击：以车毂相撞击。毂，车轮中间车轴穿入处的圆木，安装在车轮两侧轴上。

②晏子：春秋时齐相晏婴。

【译文】

春秋时候，齐国人驾车时喜欢用车毂相互撞击来取乐，这种现象屡禁不止。宰相晏婴对此很担忧，于是晏子坐了一辆新车，出门就和其他车撞了，然后说：“车毂相撞是不吉利的。难道是我祭祀的时候不够慎重、平日居家不够诚敬吗？”于是弃车而去。此后国人不再玩撞车的游戏了。

## 东方朔取药劝天子

武帝①好方士②，使求神仙、不死之药。东方朔乃进曰：“陛下所使取者，皆天下之药，不能使人不死。唯天上药，能使人不死。”上曰：“天何可上？”朔对曰：“臣能上天。”上知其谩诧，欲极其语③，即使朔上天取药。朔既辞去，出殿门，复还曰：“今臣上天似谩诧者，愿得一人为信。”上即遣方士与俱，期三十日而返。朔既行，日过诸侯④传饮，期且尽，无上天意。方士屡趋之，朔曰：“神鬼之事难豫言，当有神来迎我。”于是方士昼寝，良久，朔遽觉之曰：“呼君极久不应。我今者属从天上来。”方士大惊，具以闻，上以为面欺，诏下朔狱。朔啼曰：“朔顷几死者再！”上曰：“何也？”朔对曰：“天帝问臣：‘下方人何衣？’臣朔曰：‘衣虫。’‘虫何若？’臣朔曰：‘虫喙髯髯类马，色邠邠类虎。’天公大怒，以臣为谩言，使使下问。还报曰：‘有之，厥名蚕。’天公乃出臣。今陛下苟以臣为诈，愿使人上天问之。”上大笑曰：“善！齐人⑤多诈，欲以喻我止方士也⑥！”由是罢诸方士不用。

【注释】

①武帝：汉武帝刘彻。

②方士：言神仙、不死之方的术士。

③极其语：使其语尽词穷。

④诸侯：居于京师的诸贵族。

⑤齐人：东方朔为平原郡人，古属齐地。

⑥欲以喻我止方士也：东方朔意使武帝知诸方士所言上天入海见神仙等事，均与自己之伪诈相同，无从查证，而使武帝停止好方士、求不死药等迷妄之举。

【译文】

汉武帝喜欢长生不老之术，对方士十分礼遇，常派遣方士到各地求长生不老药。

东方朔于是上奏道：『陛下派人访求仙药，其实都是人间之药，不能使人长生不老，唯独天上之药才能使人不死。』

武帝说：『谁能上天为寡人取药呢？』

东方朔说：『臣能上天。』

武帝一听，知道东方朔又在胡乱吹牛，想趁机让他出丑难堪，于是下令命东方朔上天取药。

东方朔领命拜辞离宫，刚走出殿门又折返回宫，上奏说：『现在臣要上天去取药，皇上一定会认为臣胡说吹牛，所以希望皇上能派一人随臣同往，好为证明。』

武帝就派一名方士陪东方朔一起上天取药，而且约定三十天后回宫复命。

东方朔离宫后，天天与大臣们赌博饮酒，眼看三十天的期限就要到了，随行的方士常常催促他。

东方朔说：『神鬼行事凡人难以预料，神会派使者接我上天的。』

方士无可奈何，只好蒙头大睡，一睡就是大半天。

忽然，东方朔猛然将他摇醒，说：『我叫你很久都叫不醒，我刚才随天上使者由天庭返回凡间。』

方士大吃一惊，立即进宫向武帝奏报。武帝认为东方朔全是胡说，犯欺君之罪，下诏将东方朔下狱。

东方朔哭着对武帝说：『臣为上天求仙药，两度徘徊生死关口。』

武帝问：『这话怎么说？』

东方朔回答说：『天帝问臣下老百姓穿的是什么衣服，臣回答：「穿着虫皮。」又问：「虫长得什么样子？」臣说：「虫嘴长有像马鬃般的触须，身上有虎皮般彩色斑纹。」天帝听了非常生气，认为臣胡言欺骗天帝，派使者下凡界探问。使者回报确有此事，并说虫名叫蚕，此时天帝才释放臣返回凡间。陛下若认为臣撒谎欺君，请派人上天查问。』

武帝听了大笑：『说得好，齐地人生性狡诈，你只想借此劝朕不要再听信方士之言罢了。』

从此武帝不再迷信方士。

## 文康草制劝君主

正德中，秦藩[1]请益封陕之边地，朱宁[2]、江彬辈皆受赂，许之。上促大学士草制[3]。杨廷和、蒋冕[4]私念：草制恐为后虞[5]，否则忤上意。俱引疾。独梁储[6]承命草之曰：『昔太祖著令曰：「此土不畀藩封。」非吝也，念此地广且饶，藩封得之，多蓄士马，必富而骄，奸人诱为不轨，不利社稷。今王恳请畀地与王。王得地，毋收聚奸人，毋多养士马，毋听狂人导为不轨，震及边方，危我社稷。是时虽欲保亲亲不可得已！王慎之，勿忽！』上览制，骇曰：『若是可虞，其勿与！』事遂寝。

【梦龙评】英明之主，不可明以是非角，而未始不可明以利害夺。此与子房招四皓同一机轴⑦。

【注释】

①秦藩：指秦定王朱惟焯。明太祖子朱樉（封秦王）之后。

②朱宁：钱宁，赐姓朱，正德太监，时掌锦衣卫事，招权纳贿，黩货无厌。后与江彬同受诛。

③草制：起草诏命。

④蒋冕：正德间官户部尚书，持正不挠。嘉靖时为首辅，仅两月，卒龃龉去，论者谓有古大臣风。

⑤恐为后虞：恐为将来留下祸患。

⑥梁储：成化状元，正德时官至吏部尚书，华盖殿大学士。嘉靖时被劾乞归。卒谥文康。

⑦同一机轴：出于同一机杼之意。

【译文】

明武宗正德年间，封地在陕西的秦王请求把陕西的边地加封给他。朱宁、江彬等人收受了贿赂，都应允此事，武宗就敦促大学士们起草诏命。杨廷和、蒋冕等心里盘算：起草这个诏命，以后会有麻烦；如果拒绝起草，又违背了皇帝的意思。于是两人都请了病假。只有梁储受命起草：『从前太祖曾颁布命令说这一片土地不能赐给藩王。这不是吝啬，而是考虑到这片土地广大富饶，藩王得到后，必定多养兵马，由此富足骄横，一旦坏人引诱其图谋不轨，将对社稷不利。现在秦王恳求朝廷赏赐这片土地，请秦王得到土地之后，一定不要收揽坏人，不要蓄养太多兵马，一定不要听信谗言图谋不轨，威胁边境安全，危害国家安危。否则，想让一家人平安无事都不可能！秦王一定要谨慎啊！』武宗看了这诏书，大惊失色说：『如此说来，这事让人担心，还是不给他这片地吧！』这件事就此作罢。

**【梦龙评】** 英明的君主，不能用是非跟他硬讲道理，但未必不能通过讲明利害来改变他。这和张良招请四皓的事是同样的用意。

## 梅公软化奸宦官

梅少司马衡湘初仕固安令。固安多中贵①，狎视令长，稍强项②，则与之争。公平气以待。有中贵操豚蹄饷公，乞为征负③。公为烹蹄设饮，使召负者前，呵之。负者诉以贫。公叱曰：『贵人债何债？而敢以贫辞乎！今日必偿，徐之，死杖下矣！』负者泣而去。中贵意似恻然。公觉之，乃复呼前，蹙额曰：『吾固知汝贫甚，然无如何也。亟鬻而子与而妻，持镪来。虽然，吾为汝父母，何忍使汝骨肉骤离！姑宽汝一日，夜归与妻子诀，此生不得相见矣！』负者闻言愈泣。中贵亦泣，辞不愿征，为之破券④。嗣是，中贵家征负者，皆从宽焉。

【注释】

①固安多中贵：固安，在今河北省固安，明时多净身为太监者。

②强项：指官吏之不屈于势力者。东汉初，董宣为洛阳令，搏击豪强，不避亲贵，光武帝因其不肯为长公主俯伏道歉，谓之『强项令』。

③征负：逼迫债务。

④破券：毁去债券。

【译文】

少司马梅衡湘，刚开始在固安县做县令，固安县有很多宦官，不把梅衡湘这个县令放在眼里。梅衡湘稍稍坚持自己的主张，他们就出来和梅衡湘争执。梅衡湘心平气和地对待他们。有一个宦官带着猪蹄犒赏梅衡湘，请梅衡湘给他征收租赋。梅衡湘煮好猪蹄，设酒宴招待这个宦官，派人把负债的人召来，呵斥他们。负债的人说家贫没有办法还债。梅衡湘斥责他们说：『贵人的债是什么样的债？你们敢拿贫穷来做借口吗！今天必须偿还债务，慢一点的话，就死在棍棒之下了！』负债的人哭着离开了。那个宦官似乎也有不忍心的意思。梅衡湘觉察到这一点，就把那个人喊回来，皱着眉头说：『我原来也知道你十分贫穷，但是这也是没有办法啊！赶快把你的儿子妻子卖掉，换几个钱拿来！姑且宽限你一天，夜里回去与你的老婆孩子诀别，这一辈子就不能相见了。』负债的人听了这话，哭得更伤心了。那个宦官也跟着哭泣，表示不愿再征收租赋，当面把契约撕了。从此以后，宦官家征收租赋对负债人都很宽容。

## 宁越归还齐兵尸

齐攻廪丘①。赵使孔青将死士而救之，与齐人战，大败之，齐将死，得车二千，得尸三万，以为二京②。

宁越③谓孔青曰：『惜矣！不如归尸以内攻之，使车甲尽于战，府库尽于葬。』孔青曰：『齐不延尸，如何？』

宁越曰：『战而不胜，其罪一。与人出而不与人入，其罪二。与之尸而弗取，其罪三。民以此三者怨上，上无以使下，下无以事上，是之谓重攻之。』

**【梦龙评】**宁越可谓知用文武矣。武以力胜，文以德胜。

**【注释】**

①廪（lǐn）丘：古邑名，春秋时赵地，在今山东郓城西北。

②京：人工筑起的高土堆。这里指坟墓。

③宁越：战国时赵国人，原为中牟农民，因努力学习，而成为周威公之师。

**【译文】**

战国初年，齐国进攻廪丘。赵国派遣孔青带领敢死队救援廪丘，和齐国的军队交战，大败齐军，杀死齐军的将领，得到战车两千辆，斩敌首级三万，聚敌尸骸，封土为二京观。赵国谋臣宁越对孔青说：『可惜啊！不如把尸首留给齐国，从内部攻击齐国，让他们的战车兵甲在战争中消耗尽，府库中的财物在办丧事时消耗尽。』孔青说：『齐国人若不收取这些尸骨，怎么办？』宁越说：『发动战争而不能取胜，这是第一个罪过；让人出去而不让人回来，这是第二个罪过；给他们尸首而不来取，这是第三个罪过。齐国的百姓因为这三点而埋怨他们的国君，国君就没有办法使令他们的子民，百姓就没有理由侍奉国君，这就是所说的双重攻击。』

**【梦龙评】**宁越可谓精通文武，战争要以力取胜，文治要以德取胜。

## 慎子割地献齐王

楚襄王①为太子之时，质于齐。怀王薨②，太子辞于齐王而归，齐王隘③之阨之也：『予我东地五百里，乃归子。不予，不得归！』太子曰：『臣有傅，请退而问傅。』傅慎子④曰：『献之地，所以为身也。爱地不送死父，不义，臣故曰献之便。』太子入，致命齐王曰：『敬献地五百里。』齐王归楚太子。太子归，即位为王。齐使车五十乘来取东地于楚。楚王告慎子曰：『齐使来求东地，为之奈何？』慎子曰：『王明日朝群臣，皆令献其计。』上柱国⑤子良入见。王曰：『寡人之得反，主坟墓⑥、复群臣、归社稷也，以东地五百里许齐。齐令使来求地，为之奈何？』子良曰：『王不可不与也。王身出玉声⑦，许强万乘之齐而不与，则不信，后不可以约结诸侯。请与而复攻之。与之，信；攻之，武。臣故曰与之。』子良出，昭常入见。王曰：『齐使来求东地五百里，为之奈何？』昭常曰：『不可与也。万乘者，以地大为万乘。今去东地五百里，是去战国之半也，有万乘之号而无千乘之用也，不可。臣故曰勿与。常请守之。』昭常出，景鲤入见。王曰：『齐使来求东地五百里，为之奈何？』景鲤曰：『不可与也。虽然，楚不能独守。王身出玉声，许万乘之强齐也而不与，负不义于天下，楚亦不能独守。臣请西索救于秦。』景鲤出，慎子入。王以三大夫计告慎子曰：『子良见寡人曰：「不可不与也，与而复攻之。」常见寡人曰：「不可与也，常请守之。」鲤见寡人曰：「不可与也。虽然，楚不能独守也，臣请索救于秦。」寡人谁用于三子之计？』慎子对曰：『王皆用之。』王怫然作色，曰：『何谓也？』慎子曰：『臣请效其说，而王且见其诚然也。王发上柱国子良车五十乘，而北献地五百里于齐。发子良之明日，遣昭常为大司马，令往守东地。遣昭常之明日，遣景鲤车五十乘，西索救于秦。』王如其策。子良至齐，齐使人以甲受东地。昭常应齐使曰：『我典主东地，且与死生，悉五尺⑧至六十⑨，三十余万，敝甲钝兵，愿承下尘⑩！』齐王谓子良曰：『大夫来献地，今常守之，何如？』子良曰：『臣身受命敝邑之王，是常矫也，王攻之！』齐王大兴兵攻东地，伐昭常。未涉疆，秦以五十万临齐右壤，曰：『夫隘楚太子弗出，不仁；又欲夺之东地五百里，不义！其缩甲则可，不然，则愿待战！』齐王恐焉，乃请子良南道楚，西使秦，解齐患。士卒不用，东地复全。

【注释】

①楚襄王：楚顷襄王，名横，公元前298—前263年在位。

②怀王薨：前299年，即楚怀王三十年，怀王与秦昭王会于武关，被秦扣留。是年楚太子横即自齐归楚，立为顷襄王。而楚怀王之死，在楚顷襄王即位之三年，即前296年。此处言『怀王薨』，误。

③隘：阻碍。

④慎子：慎到，治黄老术。赵人，其为楚太子傅事不见于正史。

⑤上柱国：楚官名。

⑥主坟墓：主持对先王的祭祀，为国君之事。

⑦玉声：金口玉言，喻其言至重而不可改。

⑧五尺：指童子。古代尺小，身高五尺仅为童子，但既足五尺，则须应役。

⑨『五尺至六十』：等于倾全国之男丁。

⑩愿承下尘：愿意承受贵国军队出征之尘土，是『准备迎战』的外交辞令。

【译文】

楚襄王做太子的时候，曾作为人质住在齐国。楚怀王去世，太子向齐王请求回国，齐王却故意刁难不放行：『你割让东地五百里，就放你回去。否则，不让你回去！』太子说：『臣有一位师傅，请准许我回去请教一下再答复。』太子的师傅慎子对太子说：『给他土地，是为了把你自己解脱出来。如果因为吝惜土地，不回国为父奔丧，这是违反道义的。所以臣主张应该割地。』太子回复齐王说：『愿意敬献五百里土地。』齐王也就准许太子回国。太子回国后，即位为楚王，齐国派出五十辆兵车前来接收东地。楚王对慎子说：『齐国派人来要东地了，怎么办呢？』慎子说：『大王明日早朝见群臣时，让他们各自献计。』

第二天，上柱国子良首先晋见。楚王说：『寡人所以能回国为先王送葬、再见到众位大臣，并得以主持国政，是因为先前答应把东地五百里割给齐国。现在齐王派人来要土地，该怎么办呢？』子良说：『大王不能不给齐王土地，因为身为君主，金口玉言，答应了强大的齐国而不兑现，那是不讲信用，以后就没法和诸侯缔结盟约了，所以请先把土地割给齐王，再发兵抢回来。给他，那是我们守信；再抢回来，那是我们实力强大。所以臣主张把土地给齐国。』子良退出后，昭常晋见。楚王说：『齐国派人来要东地五百里，该怎么办？』昭常说：『不能给他们。所谓万乘大国，凭的是土地广阔，把东地五百里割让了，国土就去掉了一半，那就只有万乘的空名，而实际上连千乘之国都比不上，那万万不行。所以臣主张不给。请让我率兵去镇守。』昭常退出去，景鲤晋见。楚王说：『齐国派人来索要东地五百里，该怎么办好呢？』景鲤说：『不能给。不过，大王金口玉言，答应强大的齐国又不兑现承诺，那要背负一个不义之名。楚国不能单独守护东地，请准许我西去向秦国求援。』景鲤退了出去，慎子晋见。楚王把前面三位大臣的话告诉慎子，说：『子良见我说：不能不给他们，给了之后再抢回来。昭常见我说：不能给他们，让我去守着。景鲤见我说：不能给他们，但是楚国也不能独力守卫，请让我西去秦国求救。我到底应该听谁的呢？』慎子回答：『三个人的都听。』楚王听了很生气，说：『这叫什么话！』慎子回答说：『分析，大王就会知道这是怎么回事了。大王先派子良领战车五十辆，北去向齐国献地五百里。子良出发的第二天，派昭常为大司马镇守东地。派昭常的第二天，再派景鲤率战车五十辆西去秦国求救。』楚王照此办理。子良到了齐国，齐国便派兵接收东地。昭常对齐使说：『我负责镇守东地，与之共存亡，我楚国老少三十万人，带着破旧的装备，愿意沾上贵国军队的征尘。』齐王对子良说：『大夫你来献地，昭常又率军镇守，这是什么意思？』子良回答说：『臣亲奉敝国大王之命前来献地，是昭常矫命用兵，请大王攻打他。』于是齐王发动大军攻打东地的昭常，可是大军还没到达边境，秦国的五十万大军就已开到齐国的西境，扬言说：『齐王阻止楚太子回国，这是不仁；又要掠夺楚国东地五百里，这是不义。除非立刻退兵，否则我们期待一战。』齐王听了非常害怕，就请子良分别向楚王和秦王致意，解除齐国的威胁。这样，楚国不用战争就保全了东地。

## 王尼获假辅立功

尼①字孝孙，本兵家子，为护军府军士，然有高名。胡母辅之②与王澄③、傅畅④等诸名士，迭属⑤河南功曹及洛阳令，请解⑥之，不许。辅之等一日赍羊酒诣护军门，门吏疏名呈护军，护军大喜，方欲出迓。时尼正养马，诸公直入马厩下，与尼炙羊饮酒，剧饮而去，竟不见护军。护军大惊，即与尼长假⑦。

**【梦龙评】**《余冬序录》⑧载：杨文贞士奇在阁下时，其婿来京。婿久之当归，念无装资，会有知府某犯赃千万，夤缘是婿，赂至数千，为其求救。此知府已入都察院狱矣。杨不得已，于该道问理日，遣一吏持盒食至院，云：『阁下杨与某知府送饭。』御史大惊，即命释其刑具。候饭毕，一切听令分雪，遂得还职。此与王尼事同，但所释者，名士墨吏⑨既殊；而释人者，畏名又与畏权势亦异。文贞贤相，果有此，未免白璧之瑕矣。

【注释】

①尼：王尼，西晋人，居洛阳，卓荦不羁。东瀛公司马腾辟为舍人，不就。乱后避居江夏，饿死。

②胡母辅之：少擅高名，有知人之鉴。王澄称之为『后进领袖』。初不就征辟，后因家贫，始求试守繁昌令。东晋时为湘州刺史。

③王澄：王衍弟，少历显位，为成都王司马颖从事中郎，惠帝末为荆州刺史。后为王敦所杀。

④傅畅：早有重名。侍讲东宫，为秘书丞。后归石勒为大将军右司马。

⑤属：通『嘱』。

⑥解：解除其军籍。

⑦长假：虽不解其军籍，但准其长期不从军中。

⑧《余冬序录》：明何孟春著，体格近王充《论衡》，共内篇二十五卷，外篇三十五卷，又闰五卷。《四库总目》入『杂家』。

⑨墨吏：贪赃之吏。

【译文】

王尼字孝孙，原是一个军人的儿子，在护军府当一名军士，但名气很大。胡母辅之和王澄、傅畅等众多名士，多次嘱咐河南功曹和洛阳令，请求解除王尼的军籍，没有得到应允。一天，胡母辅之等人带着羊和酒来到护军府门口，守门官吏拿着胡母辅之等人的信件名刺进去向护军通报，护军非常高兴，准备出去迎接。这时，王尼正在喂马，胡母辅之等人直接来到马厩内，和王尼一起烤羊饮酒，痛饮之后离去，竟然不去见护军。护军非常惊恐，当即给王尼放了长假。

【梦龙评】《余冬序录》记载：本朝人杨士奇为阁臣时，他的女婿来京，过了很久想回乡，但又考虑到缺少路费。有位知府涉嫌侵占千万赃款，得知杨士奇女婿的窘困，就派人敬赠数千两银子，想贿赂杨的女婿，希望杨士奇能为自己脱罪。这时知府已被关进都察院的大牢中。杨士奇不得已，只好在该到受理诉讼的日子，派一名吏卒拿着一个饭盒来到都察院说：奉阁臣杨大人命替知府送饭，御史一听大感恐惧，立即命人卸下知府身上的刑具。等知府用过饭之后，完全按照知府所提的口供判决，于是知府得以官复原职。这事与王尼事大体雷同，只是被开释者一个是名士，一个是贪官；而下令开释的人，一个是畏惧名声，一个是畏惧权势。杨士奇是一名贤相，此事如果是真的，未免让人有白壁之瑕的遗憾。

## 王随送银释恩人

王章惠公随①举进士时，甚贫，游翼城，逋人饭②，被执入县。石务均之父为县吏，为偿钱，又馆给之于其家，其母尤加礼焉。一日务均醉，令王起舞，舞不中节，殴之，王遂去。明年登第，久之为河东转运使，务均惧而窜。及文潞公③为县④，以他事捕务均，务均急往投王，王已为御史中丞矣。乃封一铤银至县，令葬务均之父，事遂解。

【注释】

①王章惠公随：王随，宋仁宗时为门下侍郎、同中书门下平章事，无所建明，罢为彰信军节度、判河阳。为治外者方严而失于宽。卒谥，文惠。

②逋人饭：吃人家饭不给钱即走。

③文潞公：文彦博，封潞国公。

④为县：为翼城县令。

【译文】

北宋王随（仁宗时官门下侍郎、同中书门下平章事，卒谥文惠，考进士的时候，十分贫穷，在翼城县游学，吃人家的饭不给钱就走，被人抓起来送到县衙。父亲是县里的小官，替王随还了饭钱，又在家里给他设置一个读书的地方。石务均的母亲对王随更加礼遇。有一天，石务均喝醉了酒，命令王随跳舞，跳舞的动作不合节拍，石务均动手殴打王随，王随于是离开了石家。第二年，王随进士及第，过了很久任河东转运使。石务均害怕王随报复就逃窜了。潞国公文彦博任翼城县令的时候，因为别的事情逮捕石务均，石务均情急之中前去投奔王随，而王随此时已经是御史中丞了。王随就封了一铤银子送到翼城县，令县令用这些银子埋葬石务均的父亲。文彦博得知石务均和王随这种关系，就不再追究石务均的事了。

# 晏子用桃杀壮士

公孙接、田开疆、古冶子同事景公①，恃其勇力而无礼。晏子请除之，公曰：『三子者搏之不得，刺之恐不中也。』晏子请公使人馈之二桃，曰：『三子何不计功而食桃？』公孙接曰：『接一搏貑②，而再搏乳虎③。若接之功，可以食桃而无与人同矣！』援桃而起。田开疆曰：『吾伏兵而却三军者再。若开疆之功，亦可以食桃而无与人同矣！』援桃而起。古冶子曰：『吾尝从君济于河，鼋衔左骖④，以入砥柱之流。当是时也，冶少不能游，潜行逆流百步，顺流九里，得鼋而杀之。左操骖尾，右挈鼋头，鹤跃而出。津人相惊，以为河伯⑤。若冶之功，亦可以食桃而无与人同矣！二子何不反桃！』抽剑而起。公孙接、田开疆曰：『吾勇不子若，功不子逮。取桃不让，是贪也；然而不死，无勇也！』皆反其桃，挈领⑥而死。古冶子曰：『二子死之，冶独生之，不仁！耻人以言而夸其声，不义！恨乎所行不死，无勇！』亦反其桃，挈领而死。使者复命，公葬之以士礼，其后诸葛亮作《梁父吟》以哀之⑦。

【注释】

①景公：齐景公。

②貑：大野猪。

③乳虎：母虎而方产子者。

④左骖：三马同驾一车为骖，左侧者称左骖。

⑤河伯：河神。

⑥挈领：执持脖颈，指引颈自刎。

⑦诸葛亮作《梁父吟》以哀之：《梁父吟》，一作《梁甫吟》，乐府调名。今所传古辞相传为诸葛亮所作，其辞曰：『步出齐城门，遥望荡阴里。虽里中有三墓，累累正相似。问是谁家墓，田疆古冶子。力能排南山，文能绝地纪。一朝被谗言，二桃杀三士。谁能为此谋，国相齐晏子。』

【译文】

春秋时公孙接、田开疆、古冶子三人同为齐景公的大臣，三人仗着自己力大无比，对景公蛮横无理，因而晏子请求景公将此三人除去。

景公说：『这三人力大无比，一般人根本不是他们的对手，派人刺杀又怕失手而坏事，该怎样是好呢？』

晏子于是建议景公派人送他们两颗桃子，说：『大王赐三位大人两颗桃，三位大人为什么不论功吃桃？』

公孙接一听，首先开口说：『我曾一手打野猪，一手搏幼虎，说起我的勇力没人能比，我应当吃桃。』说完起身拿起一桃。

田开疆接着说：『我曾率伏兵一再阻挡来犯的敌军，我的勇猛无人能比。』说完也起身拿起一桃。

这时古冶子大声说道：『我曾随景公渡河，忽然一只巨大的河鳖竟一口衔住景公车驾中靠左边的那匹马，将马拖入河中央。当时我年纪尚小，不会游泳，只能闭气往上游前行百步，再顺河水漂流九里，这才杀了那只河鳖。我左手抓着马尾，右手提着鳖头，像巨鹤冲天般跃出水面，当时在河边的人看到这一幕，还认为我是河神。说起我的勇力才是无人可比，我才该吃桃。你们二人还不快将桃子放回原处！』说完拔剑站起。

公孙接、田开疆说：『我们的勇敢不如你，我们的功绩也不及你，强行夺桃不让你吃是贪心的表现；假如不能死在你面前，又是无勇的表现。』

于是两人都放回手中的桃子，随后自刎而亡。

古冶子见他二人自刎，难过地说：『你们二人死了，假如我独活于世，就是我不仁；用言语使你们觉得受屈辱，是我不义；我痛恨自己的行为，如果不死就是无勇。』

说完也退还手中的桃子，自刎而亡。

使者回宫向景公复命，景公为他们举行隆重的葬礼，后人诸葛亮曾作《梁甫吟》哀悼他们三人。

## 王守仁挫败奸臣

逆濠反，张忠、朱泰诱上亲征，而守仁擒濠报至。群奸大失望，肆为飞语中公，又令北军肆坐慢骂，或故冲导以起衅。公一不为动，务待以礼，预令巡捕官谕市人移家于乡，而以老羸应门。始欲犒赏北军，泰等预禁之，令勿受。守仁乃传谕百姓：北军离家苦楚①，居民当敦主客礼。每出遇北军丧，必停车问故，厚与之榇②，嗟叹乃去。久之，北军咸服。会冬至节近，预令城市举奠。时新经濠乱，哭亡酹酒③者，声闻不绝。北军无不思家，泣下求归。

【注释】

①苦楚：苦难。

②榇（chèn）：棺材。

③酹（lèi）酒：把酒洒在地上，以示祭奠。

【译文】

明武宗时，宁王朱宸濠造反，宦官张忠、朱泰劝诱皇上御驾亲征，而这时王守仁已擒获朱宸濠向皇上报捷。众奸佞大为失望，肆意流言蜚语，中伤王守仁，又令北军列坐谩骂，有的人故冲撞王守仁的仪仗以挑起事端。王守仁丝毫不为所动，尽量持之以礼，事先令巡捕官告诉市人把家迁到乡下，只派老弱之人照应门户。当初，王守仁准备犒赏北军，朱泰等人事先禁止北军，命令他们不要接受犒赏。王守仁就转告百姓：北军远离家乡，十分辛苦，当地的百姓应该尽地主之谊，待北军以客礼。每次出行遇到北军有丧事，王守仁必定停下车子问问原因，给他们许多钱买棺材，哀叹而去。时间一长，北军都信服了。适逢冬至节临近，王守仁事先命令城市军民举行祭奠。这时刚刚经过朱宸濠叛乱，哭悼亡灵、洒酒祭奠的人，声音不绝于耳。北军没有人不思念家乡的，都流着泪请求回家乡。

## 田成子装扮使者

鸱夷子皮①事田成子②。田成子去齐，走而之燕。鸱夷子皮负传③而从，至望邑。子皮曰：『子独不闻涸泽之蛇乎？涸泽蛇将徙，有小蛇谓大蛇曰：「子行而我随之，人以为蛇之行者耳，必有杀子。不如相衔负我以行，人必以我为神君也。」今子美而我恶，以子为我上客，千乘之君④也。以子为我使者，万乘之卿也。子不如为我舍人。』田成子故负传而随之。至逆旅，逆旅之君待之甚敬，因献酒肉。

【注释】

①鸱夷子皮：春秋时有鸱夷子皮者三人，一为楚之贤人，一为诡称范蠡变姓名而营商者，一为齐田氏

之党人。此处所说为后者。

②田成子：田常，齐简公时杀子我及监止，复杀简公，立平公，自为相而专齐政。卒谥成子。

③传：出入关防之符信，以缯帛为之，或用木为之。

④君：主。逆旅之君，即旅店之主人。

【译文】

鸱夷子皮侍奉田成子。田成子离开齐国，逃到燕国去，鸱夷子皮背负关防信符跟着他，来到了望邑这个地方。子皮说：『你难道没有听说过干枯水泽里的蛇的故事吗？水泽干枯，蛇将要迁移，有一天小蛇对大蛇说：「你前行而我随后，人们认为蛇行罢了，一定会有人杀你。不如口衔我背着我前行，这样，人们必定认为我是神君，就没有人敢杀你了。」如今，你相貌俊美，而我的相貌丑恶。你作为我的上客，别人不过把我看作千乘之君；把你作为我的使者，别人不过把我看作万乘之卿；你不如作为我的侍从。』田成子于是背负关防符信，扮作侍从，跟随在鸱夷子皮之后。到了客店，客店的主人对他们非常恭敬，因而敬献给他们酒肉，供他们吃喝。

## 狄青优厚待刘易

陕西豪士刘易多游边①，喜谈兵。韩魏公厚遇之。狄青每宴设，易喜食苦马菜，不得，即叫怒无礼。边地无之，狄为求于内郡。后每燕集，终日唯以此菜啖之。易不能堪，方设常馔。

【注释】

①游边：游于边疆。

【译文】

陕西豪侠之士刘易经常游于边塞，喜爱谈论军事。魏国公韩琦待之甚厚。大将狄青每次设置宴会，刘易因吃不到喜爱的苦马菜，就大叫发怒，甚是无礼。边境没有苦马菜，狄青派人替他到内地郡县寻求这种菜。以后每次宴饮聚会，整天就让刘易吃这种菜。易长期食用，不能忍受，这才设置平常的饭菜。

## 王夫人中计还床

王舒王越国吴夫人①性好洁成疾，王任真率②，每不相合。自江宁乞骸归私第，有官藤床，吴假用未还，郡吏来索，左右莫敢言。王一旦跣而登床，偃仰良久。吴望见，即命送还。

【注释】

①王舒王越国吴夫人：宋徽宗崇宁年间，追封王安石为舒王。其妻吴氏封越国夫人。

②真率：任其自然，不假修饰。安石不喜沐浴，身常有虱。

【译文】

王安石的妻子越国夫人吴氏，生性洁净成癖，王安石任情自然，二人经常合不来。王安石自江宁请求辞官，回到自己的家乡。有一张公家的藤床，吴氏借用，没有归还。郡中的官吏来要，身边的人却没一个敢张口。一天早上，王安石光着脚上了藤床，躺下睡了很久。吴氏远远地看见，立即命人送还。

# 权奇卷十五

【导读】

本卷主要收集了以权变出奇取胜的故事。权，即权变；奇，即出奇制胜。一曰大信不信，在危急关头，不得已可与敌人妥协结盟，一旦危难消除可以违背被胁迫而订的盟誓，决不能执着于小信小义而造成危难。如孔子负蒲人之盟、淮南王相赚得兵权后即不守应至之诺而使淮南得以保全、王敬则与自首之劫帅结盟又借神之名义斩贼帅，皆能明于大义而不拘于小信。一曰先发制人，如爰盎故意当众侮辱赵谈而使其谗言失效、温峤装醉以手板击钱凤使其难于向王敦进谗言、张易先故意喝醉抢先发酒疯使刺史宋臣业不好使酒凌人，皆得权奇之要旨。一曰文敌以弱，麻痹敌意，如司马懿装病而得以诛杀曹爽，杨行密装生眼疾而刺杀骄纵恣肆、阴谋叛乱之朱延寿，孙坚装病而斩张咨，皆是此类。一曰利用流言与疑心，如秦桧以五千当二钱犒镪工、假称变钱法而使现钱得以流通，令狐楚假称定价出粜而使富户竟发所蓄比平米价，曹丕以簏载绢入宫而使曹操由疑释疑……权变之智，不一而足。

【原文】

尧趋禹步，父传师导。三人言虎，逾垣叫跳①，亦念非仪，虞其我暴②。诞信递君③，正奇争效。嗤彼迂儒，漫云立教④。集《权奇》。

【注释】

①三人言虎，逾垣叫跳：《史记·甘茂传》：昔鲁人有与曾参同姓名者杀人，人告曾母曰：『曾参杀人。』

其母织自若。顷之一人又告之，其母仍织自若。又一人告之，其母投杼而逾墙走。后有乐府诗云：『三夫成市虎，慈母投杼趋。』

②亦念非仪，虞其我暴：当然也要顾念对人的礼仪，但更要防备对方对我施行的横暴。

③诞信递君：荒诞与真诚递相为主。

④立教：确立教化。

【译文】

老虎进城，本来没有此事；三人成虎，叫你不信也难。由于诡诈的环境，为达目的，智者只有出奇谋、以智取。所以，辑有《权奇》一卷。

## 孔子大信不信

孔子居陈①，去，过蒲②，会公叔氏③以蒲叛。蒲人止④孔子，谓之曰：『苟无适卫，吾出子。』与之盟，出⑤孔子东门。孔子遂适卫。子贡曰：『盟可负耶？』孔子曰：『要盟⑥也，神不听。』

【梦龙评】大信不信。

【注释】

①陈：陈国，在今河南省淮阳及安徽省亳县一带。鲁哀公初年，孔子曾居陈三年。

②去，过蒲：时晋、楚争雄，陈处两强之中，屡被兵，后吴王夫差亦侵陈（陈为楚之与国），孔子遂离陈适卫，中途经蒲。蒲，卫地，在今河南省长垣境内。

③公叔氏：公叔氏，卫之公族。卫献公之少子发，国人谓之公叔，其后裔遂以公叔为氏。

④止：拘留。

⑤出：释放出蒲。

⑥要盟：胁迫之盟。

【译文】

孔子曾经在陈国待了三年，后来离开了，路上经过卫国的蒲这个地方，正碰上卫国贵族公叔氏叛乱。蒲人将孔子一行截住，对他们说：『只要你们不去卫国，我们就放你们过去。』于是孔子就跟蒲人盟约，蒲人把孔子从东门放了出去。一出门，孔子就往卫国赶。子贡说：『订下的盟约，可以反悔吗？』孔子说：『受到要挟而订下的盟约，在神明那里是作不得数的。』

【梦龙评】孔子宣扬『王道』主张大信。孔子认为对蒲人的承诺是小信，因此大信是不受小信约束的。

## 太祖智服滁阳王

滁阳王①二子忌太祖威名日著，阴置毒酒中，欲害之，其谋预泄。及二子来邀，上即与偕往，了无难色。二子喜其堕计。至半途，上遽②跃起马上，仰天若有所见。少顷，勒马即转，因骂二子曰：『如此歹人！』二子问故，上曰：『适③上天相告，尔设毒毒我。我不往矣！』二子大骇，下马拱立，连称『岂敢』，自是息谋害之意。

【注释】

①滁（chú）阳王：郭子兴，元末定远（今属安徽省）人，江淮地区红巾军首领，曾驻滁州（治今安徽滁州），后在和阳（今安徽和县）病死，明初追封为滁阳王。

②遽（jù）：忽然。

③适：刚才。

【译文】

滁阳王的两个儿子妒忌太祖赵匡胤的威名日益卓著，便想在酒中下毒，将太祖毒死。但这一阴谋却有人向太祖做了举报。当他们前来邀请太祖赴宴之时，太祖当即与其同行，没有流露丝毫为难之意。滁阳王的这两个儿子心中暗暗高兴太祖中计，走到半路，太祖突然从马上跳起，抬头看天，不大一会儿，便拨转马头，并顺口骂二人道：『你们两个这样歹毒！』二人问什么原因，太祖回答说：『刚才上天告诉我，你们要用毒药毒死我，我不去喝酒了。』二人大吃一惊，立即下马恭立，连连说：『岂敢，岂敢！』从此，他们就打消了加害之心。

## 天子不当为胡婿

英庙①在虏中，也先以车载其妹，请配焉。上以问吴官童，对曰：『焉有天子而为胡婿者？后史何以载？然却之则拂其情。』乃绐之曰：『尔妹朕固纳之，但不当为野合，使朕还中国以礼聘之。』也先乃止。又选胡女数人荐寝，复却之曰：『留候他日为尔妹从嫁，当并以为嫔御。』也先益加敬焉。

【梦龙评】天子不当为胡婿，中国又可给胡人乎？如反正②而胡人效③女，虽纳之可也。厥后英庙复辟，虏使至。官童叩以不来效女之故。使者曰：『已送至边，为石亨杀媵④而纳女。』上命隐其事，而亨祸实基于此。

【注释】

①英庙：明英宗，土木之变时为也先所擒。

②反正：天子复位。

③效：献。

④媵：此指陪嫁之人。

【译文】

英宗被瓦剌俘虏，也先用车子把妹妹载来，请求许配给明英宗。英宗就这件事问吴官童，他说：『哪里有大汉天子做胡人的女婿的呢？以后的史书将怎样记载？然而，拒绝也先就拂了他的情面。』英宗于是欺骗也先说：『你的妹妹，朕是一定要娶的，只是不应该在旷野中苟且行事。假如朕回到中国，将按礼仪聘娶。』也先就作罢了。后来，也先又选择了几名胡地女子给英宗陪寝。英宗又拒绝说：『留着等待日后作为你妹妹的随嫁，理当把她们都作为嫔妃。』也先因此更加敬佩英宗。

【梦龙评】堂堂大明天子虽然不该做胡人女婿，但就可以做出欺骗胡人的事吗？倘若两方和好，那么也先送妹，英宗娶她也是理所当然的。

日后，英宗与也先订立盟约，瓦剌族向明称臣，英宗也安全回到京城。一日，胡使朝贡，吴官童质问为何不送也先妹妹进京，胡使说：『抵达边境时，边境守将石亨杀了陪嫁的女子，而强占了我的姑娘。』英宗尽管下令不要声张，但这事为石亨日后被诛埋下祸根。

## 胡茂卿智御倭寇

绩溪胡大司空松，号承庵①，先为嘉兴推官，署印平湖②，有惠政。适倭寇猖獗，郡议筑城。公夜入幕府，曰：『民难与虑始。请缚某居军前御倭，百姓受某恩，必相急，乃可举事。』从之，民大震，各任版筑，不阅月城成。

【注释】

①胡松：字茂卿，明绩溪（今属安徽省）人，正德进士，嘉靖中累官工部尚书，后引疾归里，居家以孝友闻。大司空：官名，汉成帝时，改御史大夫为大司空，后与大司徒、大司马并列为『三公』，明清用作工部尚书的代称。

②平湖：县名，在今浙江省北部。

【译文】

绩溪人胡松，官工部尚书，号承庵。先前曾任嘉兴府推官，代理平湖县令，有好的政声。适逢倭寇猖獗，郡府商议修筑城池。胡松夜入府衙，说：『百姓难以和他们谋划事情，请求把我绑起来送到军阵前抵御倭寇，平湖百姓受过我的恩德，见我被捆赴军前，必定都很焦急，这样就可以举事了。』知府采纳胡松的建议，平湖的百姓果然大为震惊，人人都出工修筑城墙，不到一个月城就修成了。

# 狄青假神道以坚之

南俗[①]尚鬼。狄武襄征侬智高[②]时，大兵始出桂林之南，因祝曰：『胜负无以为据。』乃取百钱自持之，与神约：『果大捷，投此钱尽钱面[③]！』左右谏止：『倘不如意，恐阻师。』武襄不听。万众方耸视，已而挥手倏一掷，百钱皆面。于是举军欢呼，声震林野。武襄亦大喜，顾左右取百钉来，即随钱疏密，布地而帖钉之，加以青纱笼[④]，手自封焉，曰：『俟凯旋，当谢神取钱。』其后平邕州还师，如言取钱。幕府士大夫共视，乃两面钱也。

**【梦龙评】**桂林路险，士心惶惑，故假神道以坚之。

【注释】

①南俗：南方之俗。此南方指闽、粤、黔、桂等地。

②侬智高：广源州少数民族首领，宋仁宗皇祐元年（1049年）反，扰邕州。四年，陷邕、横诸州，围广州。宋师屡征无功。狄青时为枢密副使，上表请行，遂以为宣抚使，岭南诸军皆受青节制。五年，狄青渡昆仑关，大破侬智高于邕州。

③钱面：明以前铜钱仅一面有文，称面。

④青纱笼：以青纱所制小屋。

【译文】

南方人崇尚鬼神。狄青（谥武襄）征讨广西的侬智高叛乱时，大军从桂林南部出发，狄青祷告说：『此战胜负没有什么依据。』于是拿了一百个铜钱在手里，跟鬼神约定：『如果能够大胜而归，就让我这一百钱扔出去都是钱面向上。』手下急忙劝阻：『这要是不成功，恐怕会影响军队的士气啊！』狄青没有理会，在大军将士的注视下，狄青挥手一掷，一百个铜钱果然个个正面向上。于是全军欢呼，响彻山林。狄青也十分高兴，命手下拿来一百个钉子，将铜钱一钉在原地，罩上青纱的罩子，亲自封好，说：『我们凯旋回来之后，再来感谢鬼神，取回铜钱。』后来在邕州平定了叛乱班师而回，按照当初的承诺前来取回铜钱。狄青的幕僚都在场，发现那些钱都是定制的，两面都是钱面。

【梦龙评】桂林路途险阻，军心惶惑不稳，所以狄青假借神道来振奋军心。

## 王晋溪擒斩毛贼

王晋溪在本兵[1]时，适湖州孝丰县汤麻九反，势颇猖獗，御史以闻，事下兵部。晋溪呼赍本人[2]至兵部，大言数之曰：『汤麻九不过一毛贼，只消本处数十火夫缚之，何足奏报！欲朝廷发兵，殊伤国体。巡按不职，考察即当论罢矣！』赍本人回，传流此语，皆以本兵为玩寇，相聚忧之。贼知朝不发兵，遂恣劫掠，不设备。先是户部为查处钱粮，差都御史许延光在浙。晋溪即请密敕许公讨之，授以方略。许命彭宪副潜提民兵数千，出其不意，乘夜往。贼方掳掠回，相聚酣饮，兵适至，即时擒斩，遂平之。

【梦龙评】尔时若朝廷命将遣兵，彼必负固拒命，弄小成大。此举不烦一旅，不费一钱，而地方晏如。晋溪之才，信有大过人者，虽人品未醇[3]，何可废也。

【注释】

①本兵：兵部。在本兵，即任兵部尚书。王琼任兵部尚书在正德间。

②赍本人：递呈奏章的差官。

③人品未醇：王琼有心计，媚事钱宁，江彬。性险伎，好中伤同辈。

【译文】

明朝大臣王琼任兵部尚书时，适逢湖州孝丰县汤麻九造反，势头很是猖獗。御史将此事报告朝廷，事情交兵部办理。王琼把呈递本章的人叫到兵部，大声指责他说：『汤麻九不过是一个毛贼，只需本地几十个伙夫就可把他抓来，还值得奏报朝廷？想让朝廷发兵，实在有伤国体。巡按不称职，考核政绩时就应该把他罢官了！』呈递本章的人回到湖州，传布这些话，都认为兵部尚书放任贼寇，相聚在一起，忧虑此事。贼寇知道朝廷不派兵来，就肆意抢劫掠夺，不加防备。当初，户部为了查处钱粮之事，派都御史许廷光到浙江，王琼就请朝廷秘密命令许廷光讨伐贼寇，教给他破贼的谋略。许廷光命令副职彭潜带领几千民兵，出其不意，利用夜色掩护前往剿贼。贼寇刚刚抢劫而回，正聚集在一起痛饮，民兵刚巧来到，当即把他们全部抓起来杀了，汤麻九之乱于是就平定了。

【梦龙评】当时如果朝廷遣将出兵，贼寇们必然负隅顽抗，小事就会闹成大事。而这样行动却不费一兵一卒，不费一钱一财，而地方平安无事。晋溪之才可谓有过人之处，虽然他的人品不怎么好，但这些才能是不可否认的。

## 杨云才用计如神

杨云才多心计，每有缮修，略以意指授之，人不知所为，及成，始服其精妙。为荆州同知①日，当郡城改拓时，钱谷之额已有成命，而台使者檄下，欲增二尺许。监司谋诸守令，欲稍益故额。云才进曰：『某有别画，不烦费一钱也。』次日驰至陶所，命取其模以献，怒曰：『不佳！』尽碎之，而出己所制模付之，曰：『第[2]如式为之！』诸人视其式，无以异也。然云才实于中阴溢二分许，积之得如所增数。城成，白其故，监司乃大服。

**【梦龙评】**砖厚而陶者不知，城增而主者不费。心计之妙，侔[3]于思神。

【注释】

①同知：官名，宋代于枢密院不设枢密使及副使时，其主官称知枢密院事，佐官则称同知枢密院事，或简称知院，同知院。

②第：副词，但，只管。

③侔（móu）：相等，同等。

【译文】

杨云才有很多心计，每当有修缮之事，略略将意思传授给别人，人们不知如何做，等到修缮之事完成，人们佩服他指点得精妙。杨云才任荆州同知的时候，当郡城改建拓展，当时钱粮的数额已经定下来，而正在这时台使者的檄文已经传下，想将城墙增加二尺高。监司和郡守商量，想在原来的数额上稍稍增加一些。杨云才进言说：『我另有计谋，不用多费一分钱。』第二天，杨云才飞马来到烧制砖瓦处，命把砖模取来献上，待拿来之后，杨云才看了发怒说：『不好。』将砖模全部毁坏，拿出自己制作的模子交给他们，说：『照这种样子做。』众人看他拿的模子，没有什么异样。然而，杨云才实际上暗中将模子增加了二分左右，积累起来，刚好和要增加的高度一样。城墙修好后，杨云才说明原因，监司十分佩服。

【梦龙评】砖石厚度增加，但制砖者不知；扩墙工程圆满完成，而主管者的费用没有增加。杨云才真是用计如神。

## 种世衡御人举梁

种世衡知渑池县①。旁山有庙，世衡葺②之。有梁重大，众不能举。世衡乃令县干剪发如手搏者，驱数对于马前，云：『欲诣庙中教手搏。』倾城人随往观。既至，谓观者曰：『汝曹先为我致庙梁，然后观手搏。』众欣然趋下山，共举之，须臾而上。

【梦龙评】近于欺矣！褒姒虽启齿，恐烽火从此不灵也③。必也真教手搏，为两得之。

【注释】

①渑池县：古县名，因南有黾池得名，故址在今河南渑池县西。

②葺（qì）：修缮。

③褒姒：姓姒，原为褒国（治所在今陕西勉县东南）人，周幽王三年（前779年），褒国把她进献给周，为周幽王所宠，被册立为后。后申侯攻杀周幽王时，被俘。

【译文】

北宋种世衡担任渑池县知县时，附近山上有座年久失修的庙，种世衡找工匠将庙修葺一下。要用的主梁过于沉重，工人们无力将它搬上山。于是种世衡让县里的衙役剪了头发，打扮成摔跤手的样子，整队出发，并宣布：『要到山上的庙里教他们摔跤。』城里的人们纷纷跟着他们去看热闹。到了庙里，种世衡看热闹的百姓说：『你们先帮我把这庙的大梁扛上来，然后我们再教摔跤。』大家高高兴兴跑下山去，一起扛了大梁，很快就到了山上。

【梦龙评】这件事近乎是欺诈！就像周幽王虽然让褒姒开颜一笑，但恐怕示警告急的烽火就再也不灵了。如果种世衡接下来真的教衙役们摔跤，那这事才可算是两全其美。

## 陈霁岩廉买俵马

俵马①以高三尺八寸、齿少而形肥者为合式。各州县无孳生驹，必从马贩买解②。开州居各县之中，马贩自外来，先被各县拦截买完，然后放过。州官比解严迫③，马头④枉受鞭笞，马价腾踊，求速反迟。陈霁岩为知州，洞知之，故缓其事。待马贩到齐，方出示看马。先一日，唤马头到堂，面问之云：『各县俵马已行，汝知之乎？』咸叩头应曰：『知之。』又密谕曰：『我心甚忙，明日看马，只做不忙，汝辈宜知之。』又叩头感激而去。明日各马贩随马头带马，有高至四尺者，令辄置不用，曰：『高低怕相形⑤，宁低一寸，我有禀帖到太仆寺⑥，只说是孳生驹耳。』众禀再迟三日，至临濮会上买，易得。公许之，不责一人而出。各马贩气索然⑦，争愿贱卖，两日而办。在他县争市高马，刻期早解，以求保荐，腾价至四五十金，在本州无过二十余金者。

【梦龙评】真心为民，实政及民，必然置保荐于度外。善保荐者，正不干求，保荐者也。

【注释】

①俵马：朝廷分派各州县缴纳马匹。

②买解：买下然后解送上缴。

③比解严迫：上缴期限紧迫。

④马头：各县负责解马事务的役吏。

⑤高低怕相形：四尺马为高，如购高马，则其他马相形见低。

⑥太仆寺：朝廷负责马政的机关。

⑦索然：离散貌。气索然，则为泄气状。

【译文】

朝廷分派到各州县缴纳的马匹高三尺八寸，齿少而膘肥的才合乎要求，各州县没有繁殖马驹，只有从马贩子手里买下解送朝廷。开州处于各县的中心，马贩子从外县来，先被周围各县拦截买完，然后才放马贩子过境。州官急待等着解送，负责解送马匹的吏役白白地挨鞭子，马价仍然飞速上涨，想快点完成任务，反而买不到合适的马。陈霁岩任开州知州，十分清楚这件事情，就故意放缓这件事情，等马贩到齐后，才出来看马。看马前一日，陈霁岩对负责解送马的役吏说：『各县上缴朝廷的马匹已经上路，你们知道吗？』众人叩头答应，说：『知道。』又秘密告诉他们说：『我心里很急，明天看马，只作不急，你们应该知道。』众人叩头感激而去。

第二天，各个马贩随着负责解送马匹的役吏带马来，让知州过目。有四尺高的马，陈霁岩就让牵到一边不用，说：『马匹的高低怕放在一起比较，宁肯低一寸，不要高的。我已经有帖子送到了太仆寺，只说低一些的马是繁殖的马驹。』众人请求再延后三日，说到临濮会上容易买到。陈霁岩答应了，不责备任何人就出去了。众马贩都泄了气，争着愿意贱卖，两天就办好了买马事宜。别的县争着买高马，限定日期早日解送，以求得保荐，一匹马的价格上涨到四五十两银子。而在开州，一匹马不过二十多两银子。

【梦龙评】真心为老百姓办事，为老百姓谋福利的官吏，必然置升迁于度外。真正能获得保荐的人往往是那些不存心求保荐的人。

## 徐道覆瞒天过海

徐道覆，卢循①妹夫也。始与循密谋举事，欲治舟舰，使人伐材南康山，伪云：『将下都货之。』后称力少，不能得致，即于郡减价发卖。居人贪贱，争取市，各储之家。如是数四，故船板大积。及道覆举兵，按卖券而取，无敢隐者，乃并力装船，旬日而办。

【梦龙评】道覆虽草窃，其才略有过人者，脱卢循能终用其计，何必遽为『水仙』②？其临死，叹曰：『吾为卢循所误！使吾得事英雄，天下不足定也！』呜呼！奇才策士郁郁不得志，而狼藉以死者比比矣！天后③览骆宾王檄④，叹曰：『使此人沉于下僚，宰相之过也！』知言哉！

【注释】

①卢循：孙恩妹夫，东晋隆安三年（399年），孙恩起兵反晋。及元兴元年（402年）孙恩败死，卢循代领其众。徐道覆为卢循大将。至义熙之年（411年），道覆与循相继败死。

②遽为“水仙”：卢循兵败，投水死，从者谓其成“水仙”，多随之死者。

③天后：武则天。

④骆宾王檄：骆宾王，唐初“四杰”之一。高宗末年为长安主簿，以言事得罪，贬临海丞。后从徐敬业起兵反武则天，为檄文，传布远近，至今称为名篇。

【译文】

徐道覆是卢循的妹夫。开始和卢循密谋造反时，想建造舰船，派人到南康山砍伐木材，假称：“运到下都卖掉。”后来声称力量不足，不能运到下都，就在郡中减价卖掉，当地居民贪图木材价格便宜，争着购买，储存到家中。像这种情况共有四次，所以船板积聚了很多。等到徐道覆举兵造反，就按卖的价格取回，没有人敢隐匿不给。于是就合力造船，十来天的工夫船就全部造成了。

【梦龙评】徐道覆虽为草寇，可也有过人的才干。倘使卢循能自始至终听从徐道覆的计谋行事，或许不会覆亡得那么快而投水自杀。难怪徐道覆临死前感叹地说：“卢循害了我，假使我投身的是真正的豪杰英雄，要拿下整个天下也是轻而易举的。”唉，有才之士，每每有志难伸而屈死郊野，这样的例子确实太多了。

武则天在看到骆宾王所写讨伐她的文章后，曾感叹地说：“让这样的人才屈居于低下的职位，难怪要跟着起兵造反，这完全是一干朝中大臣不能知人善用的过失。”这可说是一针见血的话。

## 尘垢土木皆药料

魏秦王祯为南豫州刺史。大胡山蛮时出抄掠。祯计召新蔡①、襄城蛮首，使观射。先选左右能射者二十余人，而以一囚易服参其间。祯先自射，皆中。因命左右以次射。及囚，不中，即斩。蛮相视股栗。又预令左右取死囚十人，皆着蛮衣以候，祯临坐，会微有风动，辄举目瞻天，顾望蛮曰：『风气少暴，似有抄贼入境，不过十许人，当在西角五十里。』即命驰骑掩捕十人至。祯告诸蛮曰：『非尔乡里耶？作贼合死不？』即斩之。蛮慑服，不知其为死囚也。自是境无暴掠。

回纥②还国，恃功恣睢③，所过皆剽伤④。州县供饩⑤不称，辄杀人。李抱玉⑥将馈劳，宾介无敢往。马燧自请典办具。乃先赂其酋，与约得其旌章为信，犯令者得杀之。燧又取死囚给役左右，小违令，辄戮死。虏大骇，至出境，无敢暴者。

真宗幸澶渊。丁谓知郓州，兼齐、濮等州安抚使。时契丹深入，民大惊，争趋杨刘渡。舟人邀利，不急济。谓取死罪囚，诈作驾舟人，立命斩之，舟遂集，民乃得渡。遂立部分，使沿河执旗帜，击刁斗自卫。契丹乃引去。

【梦龙评】死罪也，而亦不令徒死：祯借之以威蛮，燧借之以威虏，谓借之以威兵，其大者为槜李⑦之克敌，而最下供御囚，亦假之以代无辜之命。正如圣药王⑧，尘垢土木，皆入药料。

【注释】

①新蔡：古邑名，治所在今河南省新蔡县。

②回纥：古族名，由北方的韦纥、仆固、同罗、拔野古等流牧部落所组成，唐时建政权于今鄂尔浑河

流域，辖境东起兴安岭，西至阿尔泰山，最盛时曾达中亚费尔干纳盆地。曾助唐玄宗平安史之乱。

③恣睢（zì suī）：胡作非为。

④剽伤：抢劫，打伤。

⑤饩（xì）：活牲口。

⑥李抱玉：唐河西（今山西永济）人，本姓安，名重璋，唐初大臣安兴贵后裔。识兵法，有谋略，玄宗时，战河西有功。安禄山叛乱时，夺南阳，上书耻与叛将共姓，赐姓李。

⑦槜（zuì）李：春秋越国地名，在今浙江嘉兴西南。

⑧圣药王：神农氏，传说中农业和医药的发明者。据说他曾尝百草，发现药材，给人治病。一说神农氏即炎帝。

【译文】

北魏时的秦王元祯曾担任南豫州刺史，大胡山的蛮子经常出来抢劫。元祯想了个计策，召集了新蔡、襄城的蛮子头领，让他们观看射箭表演。元祯预先挑选了二十多个善于射箭的手下，其中混杂了一个死囚。元祯先自己射，结果都命中目标。又命令手下按顺序射。轮到那个死囚，没有射中，元祯当即下令斩首。蛮子面面相觑，大为害怕。又预先找了十个死囚，穿上蛮子的衣服待命。元祯坐在那儿，忽然一阵风吹过，就抬头看天，转头对蛮子们说：『风尘气息中有点暴虐的味道，好像有贼人入境，只有十来个人，在西面五十里处。』遂即命人骑马抓了十个人回来。元祯对蛮子们说：『这是你们的乡亲吧？做盗贼是不是该杀啊？』于是就地处决。蛮子都服帖了，他们不知道那都是死囚。从此边境上再没有抢劫掳掠的事。

唐朝遭遇安史之乱，曾经请回纥人帮助平定，他们回国的时候，仗着有功于唐朝，一路上残害百姓。各州县接待稍不称意，就杀人泄恨。李抱玉准备慰问回纥军，没有官员敢作为使者前往。马燧却自己申请去张罗这事。马燧先贿赂回纥人的首领，与之相约，得到了他的旗帜作为信物，有违反命令的人可以处死。马燧又选了一批死囚带在身边，稍有违令立刻处死。回纥人大吃一惊，直到出境，再也不敢乱来。

宋真宗率军驻扎澶州。丁谓当时是郓州知州，兼任齐、濮等州的安抚使，契丹人深入内地，百姓惊扰，纷纷从杨刘渡逃跑。船家为抬价，故意拖延。丁谓就找来一个死囚，扮成船夫，立即斩首。船家见了立刻聚集过来渡人，百姓都得以顺利过河。丁谓又做出部署，沿河悬挂旗帜，组织警戒，进行防御。契丹人见无机可乘，就退走了。

【梦龙评】就是死囚，也不让他们白死。元祯借死囚压制蛮子，马燧借死囚震撼回纥，丁谓借死囚威吓契丹。死囚的作用，大可以如勾践伐吴那样克敌制胜，小也可以借来替代无辜者的性命。这就像精于医道的药王，尘埃土木都能当药材用。

## 杨琎智服中使

杨琎授丹徒知县。会中使如浙，所至缚守令置舟中，得赂始释。将至丹徒，琎选善泅水者二人，令着耆老①衣冠，先驰以迎。中使怒曰：『令安在？汝敢来谒我耶！』令左右执之。二人即跃入江中，潜遁去。琎徐至，给曰：『闻公驱二人溺死江中。方今圣明之世，法令森严，如人命何？』中使惧，礼谢而去，虽历他所，亦不复放恣云。

【注释】

①耆老：年老的乡绅。

【译文】

杨琎任命丹徒县知县。适逢宫中使者到浙江，每到一个地方，就把州县官员绑起来放在船中，得到贿赂才把他们释放。将要到丹徒的时候，杨琎挑选两个擅长泅水的人，让他们穿戴上老人的衣冠，先前去迎接使者。使者发怒说：『县令在哪里？你们敢来谒见我吗！』命令身边的人把他们抓起来，二人纵身跃入江中，潜水逃去，杨琎慢慢到来，骗使者说：『听说您把二人赶到江里淹死了。如今正是圣明之世，法令森严，对这两条人命该怎么办？』使者惧怕，施礼谢罪而去，即使到了别的地方，也不敢再放肆了。

## 韩雍以愚制愚

公[①]镇两广，防患甚严，心腹一二人外，绝不许登阶，亦多以权术威镇之。一日与乡人宴于堂后，蹴鞠为戏。既散，潜使人置石炮[②]。有观者，因指示曰：『此公适所蹴戏也。』众吐舌，咸以公为绝力。所张盖[③]内暗藏磁石，以铁屑涂毛发间，每出坐盖下，须鬓翕张不已。貌既魁岸，复睹兹异，惊为神明焉。

【梦龙评】夷悍而愚，因以愚之。

【注释】

①公：韩雍，明正统进士，宪宗时以左副都御史提督两广军务。

②石炮：古时炮以石为弹。

③盖：遮阳伞盖。

【译文】

韩雍镇守两广，防患十分严密，除一两个心腹之人外，其他人绝对不允许上台阶，也多用权术威镇他人。一天，韩雍和同乡在堂后宴饮，踢球为乐。客散之后，暗中派人放上石炮。有观看的人指给众人说：『这就是韩公做游戏时踢的球。』众人惊得瞠目结舌，都认为韩公力量奇大。韩雍所用的伞盖内藏有磁石，韩雍把铁屑涂抹在毛发间，每次出来坐在伞盖上，胡须鬓发不住地飘动。韩雍的相貌魁梧伟岸，又看见这种异常情况，人们都大惊，认为韩雍是神明。

【梦龙评】**夷人勇猛而又愚昧，韩雍也就利用了他们的无知欺骗他们。**

## 王导智激民斗志

王敦威望素著，一旦举兵内向，众咸危惧。适敦寝疾①，王导便率子弟发哀。众闻，谓敦死，咸有奋志。

【注释】

①寝疾：卧病。

【译文】

王敦的威望早已著称，一旦率兵进攻建康，众人都很害怕。恰巧王敦患病，王导便率子弟举哀哭丧，众人听说以后，都认为王敦已死，因而士气大增。

## 殷仲堪离间二王

王绪[1]素谗殷荆州[2]于王国宝[3]，殷甚患之，求术于王东亭，曰：『卿但数诣王绪，往辄屏人，因论他事，如此则二王之好离矣！』殷从之，国宝见王绪，问曰：『比与仲堪何所道？』绪云：『故是常谈。』国宝谓绪于己有隐，情好日疏，谗言用息。

【梦龙评】此曹瞒间韩马[4]之故智。张浚杀平阳牧守[5]，亦用此术。

【注释】

①王绪：王国宝之从祖弟，为琅琊内史，以邪佞为琅琊王司马道子倚为心腹，后与国宝同被诛。

②殷荆州：殷仲堪，东晋孝武帝时授都督荆、益、宁三州军事，后为桓玄所败，被俘死。

③王国宝：王坦之之子，少无操行。其从妹为司马子妃。

④曹瞒间韩遂马超：曹操小字阿瞒。汉献帝建安十六年（211年）韩遂等十部反，曹操自将击之，屡为超等所败，遂用贾诩计，离间马超、韩遂。在阵前相见，交马而语移时，不及军事，但说京都故旧，拊掌欢笑。会罢，超等问遂：『公何言？』遂曰：『无所言。』超等遂疑之。

⑤张浚杀平阳牧守：唐昭宗时，张浚率师讨太原，还过平阳，牧守张某为河中节度使王珂大将。王珂变诈难测，张浚恐其遣张某袭己，遂设宴邀张某，自旦至暮，不交一言，而浚口中咀嚼食物，遥观一如交谈状。王珂疑之，问张某，张对云并不交言。王珂不信，遂杀张某。

【译文】

王绪平时向王国宝谗害殷仲堪，殷仲堪十分担心，向王东亭求问办法，王东亭说：『您只管经常到王绪那里去，去了就避开人，见面就谈论别的事情。这样的话，二王的友好关系就离间了。』殷仲堪按王东亭的办法做。王国宝见到王绪，问道：『你刚才和殷仲堪说些什么？』王绪说：『都是寻常话题。』王国宝认为王绪对他有隐瞒，感情日渐疏远，谗言因此就平息了。

【梦龙评】这就是曹操当年离间韩遂、马超用过的计谋。张浚杀平阳牧守，也用了相同的手法。

## 吴质计释操嫌疑

丞相主簿杨修①谋立曹植②为魏嗣③。曹丕④患之，以车载废簏，纳吴质⑤，与之谋。修白操，丕惧，告质。质曰：『无害也！』明日复以簏载绢入。修复白之，推验无人，操由是不疑。

【梦龙评】植之夺嫡，操固疑之。疑植，则其不疑丕也易矣。不然，多猜如操，何一推验而即止耶？其杀修也，亦以孤植而安丕⑥。而说者谓『黄绢』取忌、『鸡肋』误军，亦浅之乎论操矣！

【注释】

①杨修：好学有俊才，举孝廉，为丞相曹操主簿。为曹操所忌，以他事诬杀之。

②曹植：曹操子，少慧，善属文，为曹操宠异，封临淄侯。杨修、丁仪、丁廙等为之羽翼，曹操数欲以为嗣。后为曹丕所间，宠日衰。及丕为帝，数欲害之。不得志而死。

③魏嗣：时曹操为魏公。

④曹丕：曹植同母兄，操死，嗣为魏王，旋废汉献帝，建魏国。好文学，博闻强记。在位六年，卒谥为文帝。

⑤吴质：博学多才，少与曹丕、曹植为文字交，汉献帝时为五官将、朝歌令及袁成令等官。附曹丕为心腹，曹丕篡汉后，质官至镇威将军，都督河北诸军事，封列侯。与孔融、陈琳等为『建安七子』。

⑥其杀修也，亦以孤植而安丕：曹操既决意以曹丕为嗣，以杨修颇有才策，且为袁术之甥，恐其为曹植之羽翼以危曹丕，故杀修以孤立曹植而安曹丕。

【译文】

丞相主簿杨修想拥立曹植为曹操世子，曹丕为此异常烦恼，就把吴质藏在车上的竹篓里送入宫中共商对策。

杨修获知这件事，就报告曹操。曹丕见事机泄露非常害怕，吴质说：『不要怕，没关系。』

第二天，曹丕把丝绸装在车上的竹篓里载到家中，杨修又告密曹操。曹操派人拦车检查，结果车上只有丝绸没有人，于是曹操不再怀疑曹丕。

【梦龙评】其实曹操早就怀疑曹植有夺取曹丕嫡子之位的野心，因此既然怀疑曹植就不会怀疑曹丕。否则以曹操那么多疑的人，怎会只拦车搜查一次就停止追查呢？至于曹操后来杀杨修，实在是由于曹操想孤立曹植以稳固曹丕的地位，但后人却认为是由于曹操忌杨修解出『绝妙好辞』的谜底，以及杨修知晓曹操鸡肋退军的缘故，这实在太小看曹操了。

## 装病瞒敌遂己愿

曹爽擅政，懿①谋诛之，惧事泄，乃诈称疾笃。会河南尹李胜②将莅荆州，来候懿。懿使两婢侍持衣，指口言渴，婢进粥，粥皆流出沾胸。胜曰：『外间谓公旧风发动耳，何意乃尔！』懿微举声言：『君今屈并州，并州近胡，好为之备。吾死在旦夕，恐不复相见，以子师、昭为托。』胜曰：『当忝本州，非并州。』懿故乱其词曰：『君方到并州？』胜复曰：『忝荆州。』懿曰：『年老意荒，不解君语。』胜退告爽曰：『司马公尸居余气[3]，形神已离，不足复虑！』于是爽遂不设备。寻诛爽。

安仁义、朱延寿，皆吴王杨行密将也。延寿又行密朱夫人之弟。淮徐已定，二人颇骄恣，且谋叛。行密思除之，乃阳为目疾。每接延寿使者，必错乱其所见以示之，行则故触柱而仆。朱夫人挟之，良久乃苏，泣曰：『吾业成而丧明[4]，此天废我也！诸儿皆不足任事，得延寿付之，吾无恨矣！』朱夫人喜，急召延寿。延寿至，行密迎之寝门，刺杀之。即出[5]朱夫人，而执斩仁义。

孙坚举兵诛董卓，至南阳，众数万人，檄南阳太守张咨，请军粮。咨曰：『坚，邻二千石耳，与我等，不应调发！』竟不与。坚欲见之，又不肯见。坚曰：『吾方举兵而遂见阻，何以威后？』遂诈称急疾，举军震惶，迎呼巫医，祷祠山川，而遣所亲人说咨，言欲以兵付咨。咨心利其兵，即将步骑五百人，持米酒诣坚营。坚卧见，亡何起，设酒饮咨。酒酣，长沙主簿入白：『前移南阳，道路不治，军资不具，太守咨稽停义兵，使贼不时讨，请收按军法！』咨大惧，欲去，兵阵四围，不得出，遂缚于军门斩之。一郡震栗，无求不获。所过郡县皆陈糗粮以待坚军。君子谓：『坚能用法矣！法者，国之植也，是以能开东国[6]。』

正德五年，安化王寘鐇反，游击仇钺陷贼中，京师讹言钺从贼，兴武营守备保勋为之外应。李文正[7]曰：『钺必不从贼！勋以贼姻家，遂疑不用，则诸与贼通者皆惧，不复归正矣！』乃举勋为参将，钺为副戎[8]，责以讨贼。勋感激自奋。钺称病卧，阴约游兵壮士，候勋兵至河上，乃从中发为内应。俄得勋信，即嗾人谓贼党何锦：『宜急出守渡口，防决河灌城；遏东岸兵，勿使渡河！』锦果出，而留贼周昂守城。钺又称病亟。昂来问病，钺犹坚卧呻吟，言旦夕且死。苍头卒起，捶杀昂，斩首。钺起披甲仗剑，跨马出门一呼，诸游兵将士皆集，遂夺城门，擒寘鐇。

【注释】

①懿：司马懿，三国魏人，有雄才，杀曹爽后，代为丞相，专朝政，父子擅权，至其孙司马炎终代魏政。

②李胜：曹爽心腹，李胜是南阳人，属荆州，所以下文说『当忝本州』。

③尸居余气：形如死尸，只是还有一口气在。

④丧明：丧失视力。

⑤出：抛弃妻子。

⑥开东国：在东方创立国家，指建吴国。

⑦李文正：李东阳，谥文正，官至文渊阁大学士。

⑧副戎：副总兵。

【译文】

三国时候，魏国大将军曹爽专权，司马懿想诛杀他，又恐事情泄密，于是对外宣称得了重病。正好曹爽的心腹河南令尹李胜准备去做荆州刺史，临行前就来探望司马懿。司马懿让两个婢女服侍着拿着衣服，指着嘴说自己口渴。婢拿来一碗粥，司马懿喝得满身都是。李胜说：『外面传闻您风病发作，没想到这么严重！』司马懿发出微弱的声音道：『听说你屈居并州，并州地近胡人，要小心防备啊。我快死了，以后恐怕再也见不到了，小儿司马师、司马昭，就拜托你了。』李胜说：『我要去荆州，不是并州。』司马懿故意打岔说：『你刚到并州啊？』李胜又说：『去荆州任职。』司马懿说：『老了，糊涂了，完全不明白你在说什么。』李胜回去告诉曹爽说：『司马懿已经是行尸走肉，魂都不在身上了，大可不必担心。』于是曹爽对司马懿不再防备。最后，司马懿诛杀了曹爽。

安仁义、朱延寿都是唐末的吴王杨行密的将军，朱延寿又是杨行密朱夫人的弟弟。自从淮南各州平定后，安、朱二人做事张扬，并且准备谋反。杨行密想除去二人，于是假装得了眼病。每次接见朱延寿的使者，都把看到的东西胡乱描述、指点，走路时还故意撞到柱子上跌倒。朱夫人把他扶起来，过了很久才醒过来，哭着说：『我大事已成却失明了，这是老天要废我啊！我的几个儿子都不足以托付大事，要是能让朱延寿继续我的事业，这辈子也没有什么可遗憾的了。』朱夫人听了很高兴，连忙召朱延寿商议。朱延寿一到，杨行密在内室门口迎接，手起一剑杀了他。随后废黜了朱夫人，又抓住安仁义斩首。

东汉末年，孙坚举兵讨伐董卓，兵马有数万之多。孙坚发文请南阳太守张咨支援军粮。张咨说：『孙坚和我一样是二千石的太守，没权力向我征调军需！』于是不加理会。孙坚想见他，张咨又推辞不见。孙坚说：『我刚起兵就受到阻碍，以后怎么建立威信呢？』于是假称得了急病，全军士兵都非常惊慌，又是请医生诊治，又是焚香祝祷山川神灵，同时派亲信告诉张咨，说准备将大军交由张咨统领。张咨很想得到孙坚这些兵，于是率领五百兵士，带着牛羊美酒来到孙坚的营地探望。孙坚躺在床上见他，不一会儿就起身了，设酒款待张咨。二人喝得正高兴时，长沙主簿进来禀告，说：『日前发文到南阳，前行的道路没修好，军需物资也没准备好，太守张咨有意滞留大军，使得讨贼大事无法及时推进，请按军法处置。』张咨十分惊惶，想逃出去，但四周已经被孙坚的部队包围，逃不出去了，于是张咨被绑至军门斩首。一郡上下大为震惊，从此对孙坚的要求无不照办，凡孙坚大军所到之处，都准备好充足的军粮供应。有君子说，孙坚善于用法。法是国家的根本，所以后来孙坚能开创吴国。

明正德五年，安化王寘鐇造反，游击仇钺被滞留在贼营。京师谣传仇钺降贼，而兴武营守备保勋则是外应。李东阳（谥文正）说：『仇钺一定不会投降贼人。保勋和寘鐇有姻亲关系，就此怀疑他的话，那凡是和贼人有过交往的就都会害怕，再也不敢投诚了。』于是推荐保勋为参将，仇钺为副总兵，将讨贼的任务交给他们。保勋十分感激，暗自发愤。仇钺在贼营中假称生病，暗中约集属下士兵，单等保勋部队到了河上，便从营中起兵接应。很快得到保勋传来的消息，仇钺便指使人对贼将何锦说：『要赶紧出兵把守渡口，防止敌人决堤灌城。同时要拦截东岸来敌，不要让他们过河。』何锦果然出城，留下周昂守城。仇钺假称病情加重，周昂前去探视，仇钺躺在床上呻吟，说了些自己快死了之类的话。说话间，暗中埋伏的仆人突然跳起捶杀了周昂，并将其斩首。仇钺起身披上盔甲拿着剑，骑上快马冲出营门，高呼一声，先前召集好的士兵立刻聚拢起来，占据了城门，擒获了寘鐇。

## 宗汝霖对症下药

宗汝霖，建中靖国间为文登①令。同年青州教授黄荣上书，自姑苏编置某州，道经文登，感寒疾不能前进。牙校督行甚厉，虽赂使暂留，坚不可得。不得已，使人致殷勤于宗。宗即具供帐于行馆，及命医诊候。至调理安完，而了不知牙校所在。密讯其从行者，云：自至县，即为县之胥魁②约饮于营妓，而以次胥吏日更主席。此校嗜酒而贪色，至今不肯出户。屡迫捉之，乃始同进。

【梦龙评】探知嗜酒贪色，便有个题目可做，只用数胥吏，而行人之厄已阴解矣。道学先生道理全用不着。此公可与谈兵。

【注释】

①文登：古县名，今山东省文登市。

②胥魁：县吏。

【译文】

宗汝霖为文登县令时，接到同年一起高中金榜的朋友黄荣来信：『我从姑苏被派到某州去，路经文登，受风寒难以继续上路。但督行的武官非常严厉，我想贿赂他，请他让我休息一两天再上路，却行不通，不得已只好写信向您求助。』

宗汝霖马上准备了物品到黄荣所住的行馆探望，并请医生为他看病，一直到黄荣病好，不但不见武官催逼上路，甚至连武官在哪儿也不知道。

黄荣暗中询问，随行人员说：『自从来到文登县后，武官就被县令的手下邀到营妓那儿喝酒，并且由县令手下轮流做东，武官好酒贪色，到如今都不肯离开，几次催请才勉强同意上路。』

【梦龙评】打探出来这武官好酒贪色，那就有题目可做了，只要用几个小小的衙役，黄荣的麻烦就悄悄化解了。道学先生那些道理全用不上。这个人可以和他谈论兵法。

## 张易以夷制夷

张易[①]通判歙州，刺史宋匡业使酒陵人，果于诛杀，无敢犯者。易赴其宴，先故饮醉，就席；酒甫行，寻其少失[②]，遽掷杯推案，攘袂大呼，诟责蜂起。匡业愕然不敢对，唯曰：『通判醉，性不可当也。』易嵬峨喑噁[③]自如。俄引去，匡业使吏掖就马。自是见易加敬，不敢复使酒，郡事亦赖以济。

【梦龙评】事虽琐，颇得先发制人之术，在医家为以毒攻毒法，在兵家为以夷攻夷法[⑦]。

【注释】

①张易：宋人，事迹不详。

②少失：小过失。

③嵬峨喑：嵬峨，酒醉倾颓状。喑噁，发怒号叫。

【译文】

宋人张易任歙州通判。刺史宋匡业借酒欺负人，诛杀果断，没有人敢冒犯他。张易赴宋匡业的宴会，先故意喝醉，然后赴宴。刚开始行酒令，张易寻找宋匡业小的过失，就扔掉酒杯，推翻桌案，撩起衣襟，大声呼喊，招来一片指责之声。宋匡业很惊愕，不敢应对，只是说：『通判醉了，其性不可阻挡。』张易颓然醉倒，声音嘶哑，神态自如。不大一会儿，张易告辞出去，宋匡业派吏属把张易扶上马。从此以后，宋匡业见到张易更加敬重，不敢再使酒性，郡中之事也赖此得以匡济。

【梦龙评】事情虽然细小，却相当巧妙地运用了先发制人的方法，就好比医生用以毒攻毒的方法治病，将军用以夷制夷的方法如同打仗一样。

# 灵变卷十六

【导读】

本卷收集了灵活应变的故事。于极其危急之时机智地采取行动以全身者，如晋明帝遗七宝鞭使追骑传玩稽留而逃免、尔朱敞与游戏小儿换衣而逃脱、韦孝宽令驿将备酒肴招待尉迟迥之追骑而已得免、王羲之剔唾污头面被褥诈睡而释王敦之疑等等。至如宗典鞭晋之帝而救之、李穆骂宇文泰而使之脱难、昙永呵斥王华并捶之释津逻之疑，是郡卒佯醉而救庾冰等，皆更见机智。于军心动荡，情势危急之时，灵活地安定军心，制住动乱，需胆识具备。吕颐浩以利止卫士怀家流言、黄震开州帑发放赏钱而止兵变，牟动之赵葵以一言而定军心、周金斥骂把总官而平众怒，皆是临危不乱，轻易成功。至如刘邦伤胸扪足以安士卒、公子小白假装僵死而得脱危难，是以一时之计，造万世之业，每每为后人所称赏。陈平裸身刺船，刘备以雷震掩失箸之态，皆得以全身，才有后来的不世伟业。布商杀为盗之胡僧，吴地书生杀奸淫不法之僧人，张佳胤车横行无忌之强盗，皆是明了形势，拖延时间，寻找机会，得以成功。曹玮假两夏人之手杀叛卒、张浚假刘豫之手杀叛将，皆能将计就计。另外如顾岕换一字而解地方之困，耿定力添两字而活一命，皆因善于灵变，才能以小力成大功业。

一日百战，成败如丝①。三年造车，覆于临时。去凶即吉，匪夷所思②。集《灵变》。

【注释】

①成败如丝：胜与败的关键时刻只是一刹那。丝，形容时间的短暂，或机会的一瞬即逝。

②匪夷所思：不是根据常理所能想到的。匪，同『非』。夷，平常。

【译文】

一天之内虽上百次作战，但成败的机会往往只在一瞬间。用三年的时间造好一辆马车，往往会因一时的疏忽而颠覆。叠祸趋吉，并非按常理思考就能做到。因此集《灵变》卷。

## 鲍叔牙智若镞矢

公子纠走鲁，公子小白奔莒①。既而国杀无知②，未有君。公子纠与公子小白皆归，俱至③，争先入。管仲扞弓④射公子小白，中钩⑤。鲍叔御，公子小白僵⑥。管仲以为小白死，告公子纠曰：『安之⑦。公子小白已死矣！』鲍叔因疾驱先入，故公子小白得以为君。鲍叔之智，应射而令公子僵也，其智若镞矢⑧也！

【梦龙评】王守仁以疏救戴铣⑨，廷杖，谪龙场驿。守仁微服疾驱，过江⑩，作《吊屈原文》见志，寻为《投江绝命词》，佯若已死者。词传至京师，时逆瑾怒犹未息，拟遣客间道往杀之，闻已死，乃止。智与鲍叔同。

【注释】

①公子纠走鲁，公子小白奔莒：据《左传》鲁庄公八年（前686年）记载：当齐襄公立之后，举止无常则，鲍叔牙预见到齐国将有乱，遂奉齐公子小白（后来之齐桓公）出奔莒国。及鲁庄公八年，齐大夫连称、管至父杀襄公，立公孙无知，齐国乱，于是管仲奉公子纠奔鲁。

②既而国杀无知：鲁庄公九年春，齐国人杀公孙无知，齐遂无君。

③俱至：俱至于齐境。莒在齐之南，鲁在齐之西南，入齐时当走同一道路。

④扞弓：此作拉弓解。

⑤钩：衣带之钩。

⑥僵：僵倒不动。

⑦安之：放心。

⑧其智若镞矢：他应急的智慧如箭一样疾速。

⑨王守仁以疏救戴铣：戴铣，弘治进士。正德元年，刘瑾用事，戴铣时为六科给事中，与十三道御史薄彦徽等上疏，请斥权阉，挽留阁臣刘健。刘瑾矫旨遣缇骑逮铣等人锦衣卫狱，廷杖，除名为民。时王守仁为兵部主事，上疏救戴铣等。疏入，刘瑾怒，矫诏杖五十，死而复苏，谪贵州龙场驿丞。

⑩微服疾驱，过江：守仁既谪，刘瑾使人伺于途，将置之死。守仁至钱塘，虑不免，乃乘夜佯为投江，而浮冠履水上，遗诗有『百年臣子悲何极，夜夜江涛泣子胥』之句。浙江藩、臬及郡守皆信之，祭于江上，家人亦服丧。守仁遂隐姓名，入武夷山中。已而虑祸及于父（守仁父王华时为南京吏部尚书），卒赴龙场驿。

【译文】

春秋时齐襄公被大夫所杀，立公孙无知，公孙无知又旋即被杀，齐国无君。这时，襄公的两个弟弟都不在齐国，公子纠流亡鲁国，公子小白则在莒国。听到消息后，两人往齐国赶，谁先回国，就意味着谁会成为新的国君。路上，两人的车队相遇，公子纠的手下管仲弯弓一箭射中了公子小白的衣带钩。当时鲍叔牙正为公子小白驾车，弓弦响处只见公子小白倒在车里一动不动。管仲见状，以为小白已死，便对公子纠说：

「放心吧，公子小白已经死了。」他们这么放心，鲍叔牙就载着公子小白疾驰而去，率先到达齐国，公子小白由此成为君。鲍叔牙足智多谋，能在箭射来的同时让公子小白僵卧不动，他的应变速度简直就跟飞行的箭矢一样快。

**【梦龙评】**明朝兵部主事王守仁为救戴铣上疏，结果被武宗打了一顿，贬到贵州龙场驿。王守仁穿着便服迅速出京，过长江时作了一篇《吊屈原文》表明心，又写了一首投江自尽的绝命词，假装自己已死。诗文传到京师的时候，宦官刘瑾对王守仁余怒未消，正准备派杀手半途劫杀王守仁，这时听说王守仁已死，便取消了计划。王守仁的谋略和鲍叔牙是一样的。

## 管仲得其所欲

齐桓公因鲍叔之荐，使人请管仲于鲁①。施伯②曰：「是固将用之也！夷吾用于齐，则鲁危矣！不如杀而以尸授之！」鲁君欲杀仲。使人曰：「寡君欲亲以为戮，如得尸，犹未得也！」乃束缚而槛③之，使役人载而送之齐。管子恐鲁之追而杀之也，欲速至齐，因谓役人曰：「我为汝唱，汝为我和。」其所唱适宜走，役人不倦，而取道甚速。

**【梦龙评】**吕不韦④曰：「役人得其所欲，管子亦得其所欲。」陈明卿曰：「使桓公亦得其所欲。」

**【注释】**

①齐桓公因鲍叔之荐，使人请管仲于鲁：据《史记·齐太公世家》记载：齐桓公元年（前685年），齐桓公派兵攻鲁，意欲杀管仲。鲍叔牙进言道：「臣荣幸跟随主公，您终于如愿以偿了。现在您已很尊

贵了，臣等无法再提高主公您的地位了。您如果想治理齐国，那么，高傒与臣等就足矣；您如果想称霸天下，那么，非得管夷吾不可！夷吾在哪个国家，哪个国家就有威望。这是个不可失去的人才啊！』于是桓公从之，诈称要逮住管仲亲手杀掉才解恨，实欲用之。

②施伯：春秋时鲁国的大夫，鲁惠公之孙，鲁庄公之叔。

③槛：指囚禁押解犯人的车子。这里作动词用，指囚禁解送。

④吕不韦：战国末，秦庄襄王时，被任为相国，秦王政年幼即位，继任相国，被称为『仲父』。

【译文】

齐桓公因为鲍叔牙的举荐，派人到鲁国请管仲（字夷吾）。鲁国大夫施伯说：『这是要用管夷吾为将。夷吾在齐国得到任用，鲁国就危险了。不如杀了他，把尸首给他们。』鲁国国君想杀掉管仲，齐国的使者说：『我的国君想亲手杀了他，如果得到了一具尸首，像没有得到一样。』就把管仲捆绑起来，戴上枷锁，派差役用车载着管仲，送到齐国。管仲恐怕鲁人追赶而把他杀掉，想快速到齐国，于是对差役说：『我给你唱歌，你给我唱和。』管仲唱的歌有利于人们行走，差役不觉疲倦，赶路十分迅速。

【梦龙评】吕不韦说：『车夫得到了满足，管仲也得到了他所想要得到的。』陈明卿说：『这使齐桓公得到了他所需要的人才。』

## 韦孝宽逃脱有方

尉迟迥先为相州总管①。诏韦孝宽代之，又以小司徒叱列长叉为相州刺史，先令赴邺，孝宽续进。至朝歌，迥遣其大都督贺兰贵赍书候孝宽。孝宽留贵与语以察之，疑其有变，遂称疾徐行。又使人至相州求医药，密以伺之。既到汤阴②，逢长文奔还。孝宽密知其状，乃驰还，所经桥道，皆令毁撤，驿马悉拥以自随。又勒驿将曰：『蜀公将至，可多备肴酒及刍粟以待之。』迥果遣仪同梁子康将数百骑追孝宽，驿司供设丰厚，所经之处皆辄停留，由是不及。

【注释】

①尉迟迥：字薄居罗，北周代州雁门（今山西代县）人，有大志，好施爱士，娶魏文帝女金明公主。孝文践祚，以迥有平蜀功，封蜀公，任相州总管，后举兵讨伐隋文帝，兵败而自杀。相州：州名，辖境相当今河北邢台、广宗以南，河南林州市、清丰以北，山东武城、莘县以西的地区。总管：官名，古时指地方上高级军政长官。三国魏时始置都督诸州军事，北周时改为总管。周武帝以王溢为盖州总管，总管之名始于此。

②汤阴：古县名，今属河南省。

【译文】

北周的尉迟迥因功封为蜀公，后任相州刺史。丞相杨坚，也就是后来的隋文帝准备篡位，就命自己的亲信韦孝宽代理尉迟迥的职务，又命叱列长叉为相州刺史，并要叱列长叉先行，韦孝宽再上路。韦孝宽行至朝歌时，尉迟迥派手下的大都督贺兰贵带着书信前往问候。韦孝宽款留贺兰贵，并和他交谈。交谈中韦孝宽觉得这个贺兰贵好像心里有鬼。于是，韦孝宽自称身体不好，放慢了行进速度。又派人到相州以求医问药为名打探消息。到了汤阴，正好碰到叱列长叉奔离相州。韦孝宽得到了这些情报之后，也调头返还，凡经过的桥梁一律拆毁，路过驿站，把其中的马匹也全数带走，又嘱咐驿丞：『蜀公的人就要到了，你们要多准备酒菜及草料好好接待。』不久，尉迟迥果然派开府仪同三司梁子康带数百骑兵来追赶韦孝宽，沿途驿站对他们款待极为热情，为此耽搁了不少时间，终于没有追上韦孝宽。

## 古人自作贱脱险

晋元帝叔父东安王繇，为成都王颖所害，惧祸及，潜出奔。至河阳，为津吏所止。从者宗典后至，以马鞭拂之，谓曰：『舍长，官禁贵人，而汝亦被拘耶？』因大笑。由是得释。

宇文泰与侯景战[1]。泰马中流矢，惊逸，泰坠地。东魏兵及之，左右皆散，李穆[2]下马，以策击泰背，骂之曰：『笼东[3]军士，尔曹主何在？』追者不疑是贵人，因舍而过。穆以马授泰，与之俱逸。

王廞之败[4]，沙门[5]昙永匿其幼子华，使提衣幞自随。津逻[6]疑之，昙永呵华曰：『奴子何不速行！』捶之数十，由是得免。

【注释】

①宇文泰与侯景战：西魏丞相宇文泰与东魏大将侯景战于河南洛阳之邙山。此战西魏先败，既而复振，大破东魏军，杀东魏大将高敖曹。

②李穆：时为宇文泰大将，官都督。

③笼东：溃败、不振作貌。

④王廞之败：王廞，东晋人，王导之孙。晋安帝隆安元年（397年），仆射王国宝依附会稽王司马道子，

纳贿穷奢，欲裁王恭兵程权，王恭遂起兵讨王国宝。时王廞以母丧居于吴，王恭遂令廞起兵于东方。廞召募兵众，赴者万计。未几，司马道子杀王国宝，王恭遂罢兵，并令王廞去职归丧。廞以起兵之时，诛除异己者颇多，势不得止，遂不从恭命，反命其子主泰将兵伐恭。王恭命其将刘牢之击杀表王泰，又败王底于曲阿，王廞单骑逃走，不知下落。

⑤沙门：和尚。

⑥津逻：巡查渡口之逻卒。

【译文】

晋元帝的叔父安东王司马繇，被成都王司马颖杀害，晋元帝害怕祸及己身，秘密逃出。到了河阳，被把守渡口的官吏阻止住。随从宗典随后到来，用马鞭拍着晋元帝，对他说：『舍长，官吏禁止贵人渡河，而你也被拘留了吗？』于是大笑起来，晋元帝因此得以获释。

宇文泰和侯景交战。宇文泰的坐骑中了流箭，惊跑起来，宇文泰坠马落地。东魏的兵追了上来，宇文泰身边的人都逃散了，李穆下马，用马鞭击打宇文泰的脊背，骂他说：『没精打采的军士，你们的主人在哪里？』追击的人不怀疑宇文泰是贵人，就把他放了过去。李穆把坐骑给了宇文泰，和他一起逃跑了。

王廞兵败后，和尚昙永把他的小儿子王华藏匿起来，让他提着衣服幞头跟随在后。巡逻渡口的士兵对王华有怀疑，昙永呵斥王华说：『奴才之子还不快点走！』捶打了几十下，王华因此得以逃脱。

## 徐敬业伏马腹脱险

徐敬业十余岁，好弹射①。英公②每曰：『此儿相不善，将赤吾族③！』尝因猎，命敬业入林趁兽，因乘风纵火，意欲杀之。敬业知无所避，遂屠马腹伏其中。火过，浴血而立，英公大奇之。

【梦龙评】凡子弟负跅弛之奇④者，恃才不检，往往为家门之祸。如敬业破辕⑤之兆，见于童年。英公明知其为族祟⑥，而竟不能除之，岂终惜其才智乎？抑英公勋立武氏⑦，杀唐子孙殆尽，天故以敬业酬之也？诸葛恪有异才，其父瑾叹曰：『此子不大昌吾宗，将赤吾族！』其后果以逆诛。隋杨智积⑧文帝侄。有五男，止教读《论语》《孝经》，不令通宾客。或问故，答曰：『多读书，广交游，才由是益。有才亦能产祸！』人服其识。弘、正⑨间，胡世宁⑩字永清，仁和人。有将略，按察江西时，江西盗起。方议剿，军官来谒，适世宁他出，乃见其幼子继。继曰：『兵素不习，岂能见我父哉？』军官跪请教，继乃指示进退离合之势，甚详。凡三日，而世宁归，阅兵，大异之，顾军官不辨此，『谁教若者？』以实对。继初不善读书，父以愚弃之，至是叹曰：『吾有子自不知乎？』自此每击贼，必从继方略。世宁十不失三，继十不失一也。世宁上疏，乞以礼法裁制宁王。继跪曰：『疏入，必重祸！』不听，果下狱。继因念父，病死。世宁母独不哭，曰：『此子在，当作贼！胡氏灭矣！』此母亦大有见识。

【注释】

①弹射：射弹丸。

②英公：徐勣（李勣），封英国公。敬业祖父。

③赤吾族：赤，血染之意。赤吾族，即使我家族被诛灭。

④跅弛之奇：放荡不循规矩的奇才。

⑤破辕：放荡不羁的骏马，会任意奔驰，以致毁坏车辕。

⑥祟：祸害。

⑦英公劝立武氏：指唐高宗欲立武则天为后，李勣不加谏阻，反云『此陛下家中事，不必问外人』。

⑧杨智积：隋文帝杨坚之侄，官同州刺史，听政之暇，闭门读书，门无私谒。其父整与文帝不睦，智积常怀忧惧。炀帝时以疾卒。

⑨弘、正：弘治（明孝宗年号）、正德（明武宗年号）。

⑩胡世宁：弘治进士，性刚直，知兵。正德时为江西按察副使。后因疏论宸濠反状，系锦衣卫，减死戍辽东。宸濠伏诛后，起戍中，嘉靖中累拜兵部尚书。

【译文】

徐敬业十多岁，喜欢射弹丸。英国公徐勣常常说：『此儿的相貌不善，将使我家族灭。』曾经因为射猎，徐勣命令徐敬业进林子追逐野兽，于是借风放起火来，想把徐敬业烧死。徐敬业知道无处躲避，就把马杀死，剖开马腹，藏身在马腹中。大火过后，徐敬业浑身是血，站了起来。徐勣见了，十分惊奇。

【梦龙评】大凡子孙有过人才智，仗着聪明，而不知谨慎进退，往往会成为家门的祸害。以徐敬业来说，他日后举兵的征兆，其实在童年时就已显现。李勣虽明知他终会带来不幸，却始终不忍杀他，究竟是爱惜他的才智呢，还是因李勣曾拥立武则天，而武氏几乎杀尽大唐子孙，上天要李勣赔上一子性命以报大唐呢？

诸葛恪有过人的才智，他的父亲诸葛瑾也曾叹息说：『这孩子日后不是大大光耀家门，就是毁我诸葛一族。』后来诸葛恪果然以谋逆的罪名遭到诛杀。隋朝杨智积有五个男孩，他却只教他们读《论语》《孝经》，不让他们学习兵法，也不让他们结交宾客。有人问其原因，杨智积答道：『多读圣贤书，多结交益友，如此，聪明才智有德行益友的辅助，才对自己有好处；不然，光凭聪明才智，往往只会惹来灾祸。』众人这才明白杨智积的苦心，也不得不佩服他的智慧。

弘正年间，大将胡世宁有军事才能，出任江西按察。当时江西盗匪四起，手下诸将商议如何剿匪，有位军官入府求见胡世宁，碰巧胡世宁出城，只见到幼子胡继，胡继说：『我见那些兵士们个个散漫，不懂战阵，身为带兵的将领，你怎么有脸见我父亲？』军官连忙跪下请教，胡继于是为他详细说明兵法中进退攻守的战略。三天后胡世宁回来，检阅部队，觉得非常讶异，认为凭手下将领的能力，绝对没有如此的成果，就问是谁教他们的，于是将领据实禀告。由于胡继从小不喜欢读书，因此胡世宁并不特别宠爱胡继，这时才感叹地说：『这孩子有如此的天分，我竟然不知道。』从此，每次剿匪都征询胡继的意见，胡世宁自己只能十不失三，胡继却能十不失一。有一次，胡世宁想上书奏请皇帝依国法制裁宁王，胡继跪地请求胡世宁三思，说：『上书必会祸及身家。』胡世宁不听，果然下狱。胡继因思念父亲，不久病死，众人都伤心不已，唯有胡世宁的母亲没有流泪，说：『这孩子若活着，只怕将来会成为叛贼，那么胡氏一门才会真的万劫不复。』这个母亲可谓大有见解。

## 陈平脱衣撑船

陈平间行，仗剑亡。渡河，船人见其美丈夫独行，疑其亡将，腰中当有金宝，数目之。平恐，乃解衣，裸而佐刺船。船人知其无有，乃止。

【梦龙评】平事汉，凡六出奇计：请捐金行反间，一也；以恶草具进楚使，离间亚父①，二也；夜出女子二千人，解荥阳围②，三也；蹑足请封齐王信③，四也；请伪游云梦缚信④，五也；使画工图美女，间遣人遗阏氏说之，解白登之围⑤，六也。六计中，唯蹑足封信最妙。若伪游云梦，大错！夫云梦可游，何必曰伪？且谓信必迎谒，因而擒之。既度其必迎谒矣，而犹谓之反乎？察之可，遽擒之则不可。擒一信而三大功臣相继疑惧，骈首灭族⑥，平之贻祸烈甚矣！

有人舟行，出鍮石杯⑦饮酒，舟人疑为真金，频瞩之。此人乃就水洗杯，故堕之水中。舟人骇惜，因晓之曰：『此鍮石杯，非真金，不足惜也！』又，丘琥尝过丹阳，有附舟者，屡窥寝所。琥心知其盗也，佯落簪舟底，而尽出其衣箧，铺陈求之，又自解其衣以示无物。明日其人去，未几，劫人于城中，被缚，语人曰：『吾几误杀丘公！』此二事与曲逆解衣刺船之智相似。

【注释】

①亚父：项羽谋士范增，他曾屡劝项羽杀刘邦，项羽不听。后项羽中刘邦反间计，削其权力，他愤而离去，途中病死。

②夜出女子二千人，解荥阳围：据《史记·陈丞相世家》中记载：『汉王为项羽所围，陈平乃夜出女子两千人荥阳城东门，楚因击之，陈平乃与汉王从城西门夜出去。遂入关，收散兵复东。』

③蹑足请封齐王信：据《史记·淮阴侯列传》记载：汉高祖四年（前203年），韩信平定齐地后，使人言汉王欲封其为假王。当是时，楚方急围汉王于荥阳，韩信使者至，发书，汉王大怒，骂曰：『吾困于此，旦暮望若来佐我，乃欲自立为王！』张良、陈平蹑汉王足，因附耳语曰：『汉王不利，宁能禁信之王乎？不如因而立，善遇之，使自为守；不然，变生。』汉王亦悟，因复骂曰：『大丈夫定诸侯，即为真王耳，何以假为！』乃遣张良往，立信为齐王，征其兵击楚。蹑（niè）足：踏脚。

④请伪游云梦缚信：据《史记·陈丞相世家》中记载：汉高祖六年（前201年），有人上书告韩信谋反，诸将建议发兵抗竖子，陈平认为：『今兵不如楚精，而将不能及，而举兵攻之，是趣之战也。』因此，建议汉高祖『伪游云梦，会诸侯于陈。陈，楚之西界，信闻天子以好出游，其势必无事而效迎谒。谒，而陛下因擒之，此特一力士之事耳』。汉高祖以为然，从之。『未至陈，楚王信果郊迎道中。高帝豫具武士，见信至，即执缚之，载后车。』云梦：即云梦泽，春秋战国时楚王的游猎区。大致包括整个江汉平原及东、西、北三面一部分丘陵山峦，南兼郢都以南的江南地区。

⑤使画工图美女，间遣人遗阏氏说之，解白登之围：据《史记·陈丞相世家》记载：汉高祖七年（前200年），陈平『以护军中尉从攻反者韩王信于代。卒至平城，为匈奴所围，七日不得食。高帝用陈平奇计，使单于阏氏，围以得开。高帝既出，其计秘，世莫得闻』。陈平此计，有两说：一说赂以珍宝，一说以赠送绝代美女怂恿阏氏劝说单于撤兵。

⑥擒一信而三大功臣相继疑惧，骈首灭族：三大功臣指汉初的淮阴侯韩信、梁王彭越、淮南王黥布。据《史记·黥布列传》中记载：黥布反叛时，汝阴侯滕公私下里向他的门客原楚国的令尹薛公请教，

薛公说道：『他本来就要造反的。』滕公问：『皇上割地让他称王，分赐爵位使他显贵，南面听政成了大国的国王，他为什么还要造反呢？』薛公答道：『前年杀了韩信，去年杀了彭越，这三人是同等功劳，同一类型的人物。黥布自然会怀疑祸患将会牵连到自己，因此反叛了。』冯氏谓『三大功臣』据此。据《史记·淮阴侯列传》中曰：早先阳夏侯陈豨被任命为巨鹿郡（今河北省平乡县西南）郡守，临别之前，韩信密与陈豨叛乱。汉高祖十年（前197年）春季，陈豨果然反叛，汉高祖亲自率军前往平叛，韩信因病没有跟随。而暗地派人到陈豨处密谋充当内应。阴谋败露后，吕后用萧何计，诈称陈豨被捉处死，诱使韩信入宫祝贺，被吕后缚绑斩杀，并灭了韩氏三族。陈豨后来也被樊哙斩于当城。又据《史记·高祖本纪》中曰：这年夏季，梁王彭越谋反，便取消其王位，流放到蜀地；不久他又欲谋反，于是灭其三族。又据《史记·黥布列传》所载：第二年，黥布也举兵反叛，后被长沙哀王使人引诱逃经南越，为其妻家番阳人杀于兹乡。

⑦ 鍮（tōu）石杯：黄铜制的石杯。

【译文】

汉初大臣陈平初仕项羽，后来乘机逃跑，仗剑而行。渡河的时候，船夫见陈平这样一个英俊的男子只身而行，怀疑他是逃亡的将领，身上应该有金银财宝，多次窥视陈平。陈平害怕了，就脱光衣服，帮助船夫撑船。船夫知道他没有财物，就作罢了。

【梦龙评】陈平追随刘邦以后，前后共献六条奇计：『请求用金帛行施反间，此其一；把粗恶的草具送给楚王使者，离间亚父范增，此其二；夜晚放出女子两千人，解荥阳之围，此其三；轻踩刘邦之足，请将韩信封为齐王，此其四；请伪游云梦，智擒韩信，此其五；令画工画一美女像，从小路派人送给单于阏。这六条计策中，只有轻踩刘邦之足，请将韩信封为齐王一策，最为奇妙。而伪游云梦之策，却是大错特错。如果云梦可以巡游，又何必叫『伪』？并且还说韩信必然相迎，乘机生擒。既然认为必会相迎，还能说他是谋反吗？对他进行观察是可以的，当即生擒则不可。擒一韩信而使其他三位功臣相继心生疑忌，接连遭受族灭。陈平此计所带来的祸患，危害之大之烈，是无以复加的。有人乘舟而行，拿出一只黄铜酒杯饮酒，船夫怀疑酒杯是真金制成，目观看。此人便在用河水清洗酒杯时，有意将杯子掉到水中。此人却向他解释说：『这是黄铜酒杯，并非真金，不足为惜。』丘琥在乘船途经丹阳时，有中途搭乘之人，丘琥知道此人定是盗贼，便假装把头簪掉落船底。于是他便把所带衣服全部铺开在船板上，逐一寻找，又解开了身上所穿之衣，表示再无其他物品。第二天，此人离船而去。不久，因为在城中抢劫杀人，被官府逮捕，他即对捕贼官吏说：『我差一点误杀了丘公。』这两件事与上述陈平的脱衣撑船以及伪游云梦等事，在智慧上都有相同之处。

## 曹公煮酒论英雄

曹公素忌先主①。公尝从容谓先主曰：『今天下英雄，唯使君与操耳！本初②之徒，不足数也！』先主方食，失匕箸③。适雷震，因谓公曰：『圣人云：「迅雷风烈必变④。」良有以也！一震之威，乃至于此！』

【梦龙评】相传曹公以酒后畏雷、闲时灌圃⑤轻先主，卒免于难。然则先主好结牦⑥，焉知非灌圃故智？

【注释】

①先主：刘备，史称蜀先生。

②本初：袁绍，字本初。

③匕箸：筷子。

④迅雷风烈必变：见《论语·乡党》，言孙子敬天之怒，每见迅雷急风则变容色。

⑤闲时灌圃：刘备在许都时，无事常闭门种芜菁。灌园，浇菜。

⑥牦：刘备少时孤贫，以贩履织席为业。后虽为官，仍好织毛为毯席之属。牦，毛织物。结，编织。

【译文】

曹操对刘备素来心存忌惮。曹操曾对刘备说：『放眼天下，能称得上英雄的只有你和我。袁绍之流，根本算不上。』刘备正在吃饭，吓得筷子都掉到了地上。正好这时天上打了个响雷，刘备趁势对曹操说：『孔子说：遇到迅雷疾风一定要惊惧变色。这话实在有道理，一个响雷，威力如此之大。』

【梦龙评】相传曹操因为酒后怕雷、闲时种菜而轻视刘备，最终让刘备幸免于难。然而刘备还喜欢编结毛织物，怎知不是和种菜一样的套路呢？

## 沈括智斩刘归仁

沈括①知延州时，种谔②次五原，值大雪，粮饷不继。殿值③刘归仁率众南奔，士卒三万人皆溃入塞，居民怖骇。括出东郊饯河东归师，得奔者数千，问曰：『副都总管遣汝归取粮，主者为何人？』曰：『在后。』即谕令各归屯。未旬日，溃卒尽还。括出按兵，归仁至。括曰：『汝归取粮，何以不持兵符？』因斩以徇。

【梦龙评】括在镇，悉以别赐钱为酒，命廛市良家子驰射角胜。有轶群之能者，自起酌酒劳之。边人欢激，执弓傅矢④，皆恐不得进。越岁，得彻札⑤超乘⑥者千余，皆补中军义从，威声雄他府。真有用之才也！

【注释】

①沈括：北宋嘉祐进士，神宗时提举司天监，置浑仪景表，召卫朴造新历。使契丹，刚直有节，归拜翰林学士、权三司使。出镇宣州，重兵事，威声远闻，改知延州。为王安石变法的支持者。博学善文，于天文、方志、律历、音乐、医药无所不精。其《梦溪笔谈》为科技史名著。

②种谔：种世衡之子。初知青涧城，击西夏有功。累迁凤州团练使，知延州。时为鄜延副总管，旋擢经略安抚副使，率诸将征西夏国，先破夏冰于吴定川。复进军银、石、夏等州，不见敌。

③殿值：宋军制，殿前司下设殿值，为皇帝的侍从武官。

④傅矢：携箭。

⑤彻札：射箭能穿透木板。

⑥超乘：身披重甲而能跳上战车。此处喻勇武敏捷。

【译文】

沈括知延州时，种谔率众行抵五原，正遇大雪，粮饷不继。殿值刘归仁率众南逃，结果约有三万多兵相继奔入塞内，居民也都惊恐不已。沈括走出延州东郊，为河东回归将帅饯行时，就遇见了向南逃奔的数千士卒。沈括假意向他们问道：『副都督派你们归取军粮，你们的头领在哪里？』兵士回答说：『在后面。』沈括当即命令他们各回屯所。不到十天时间，逃跑的士卒全都返回驻地。沈括出巡检阅兵士之时，归仁适至，沈括说：『你回取军粮，为何不拿兵符？』当即将其斩首示众。

【梦龙评】括在任时，总是拿出额外收入来买酒，然后邀集城里的良家子弟比赛骑马、射箭、角力等。碰到本领高强的优胜者，沈括就亲自斟酒祝贺。边境的百姓受到鼓舞，纷纷拿弓带箭前来参赛，个个争先恐后。一年后，得到身手矫健的高手上千人，沈括皆把他们编入中军，当了义务兵，延州军队比其他州府更为雄壮。沈括真是个有用的人才啊！

## 程颢安抚溃卒

河清卒于法不他役①。时中人②程昉为外都水丞③，怙势蔑视州郡，欲尽取诸埽兵④治二股河。程颢⑤以法拒之。昉请于朝，命以八百人与之。天方大寒，昉肆其虐，众逃而归。州官晨集城门，吏报河清兵溃归，将入城。众官相视，畏昉，欲弗纳。颢言：『弗纳，必为乱。昉有言，某自当之！』既亲往开门抚纳，谕归休三日复役。众欢呼而入。具以事上闻，得不复遣。后昉奏事过州，见颢，言甘而气慑。既而扬言于众曰：『澶卒之溃，乃程中允⑥诱之，吾必诉于上！』同列以告。颢笑曰：『彼方惮我，何能尔也！』果不敢言。

【梦龙评】此等事，伊川⑦必不能办。纵能抚溃卒，必与昉诘讼于朝，安能令之心惮而不敢为仇耶？

【注释】

①河清卒于法不他役：河清卒，治理黄河的役卒。按照法律规定，河工之卒不可调用到别处服役。

②中人：宦官。

③外都水丞：都水丞，都水监属官，置二人，轮遣一人出外治河埽之事，故称此人为外都水丞。

④诸埽兵：修治诸堤埽之卒。

⑤程颢：时为签书镇宁军判官。北宋镇宁军即澶州，临黄河。

⑥程中允：熙宁初，以程颢为太子中允，此时乃带中允衔出任外官。

⑦伊川：程颢弟程颐，学者称伊川先生。此处冯梦龙以为颐不如颢，是嫌其道学气太重。

【译文】

按照宋朝法律，河清卒（治理黄河的役卒）不可调到别处服役。当时，宦官程昉任外都水丞，依恃权势，蔑视州郡，想把修治诸堤防的士卒都征调去治理二股河。时为签书镇宁军判官的著名理学家程颢依法拒绝了他。程昉向朝廷请求，朝廷命令程颢调八百人给程昉。天气十分寒冷，程昉肆意而为，虐待士卒，众人都逃了回来。州官早晨聚集在城门，吏属报告说：『河清兵溃逃回来，将要进入城中。』众官你看我，我看你，畏惧程昉的权势，不想让河清兵进城。程颢说：『不让他们进城，必定要出乱子！程昉有什么话，我自己承担！』就亲自前去打开城门，安抚士兵让他们进城，告诉他们回去休息三天复工。众人欢呼起来，进入城中。程颢把详情奏闻朝廷，不再派遣河清兵。后来，程昉奏事入朝，路过澶州，见到程颢，甜言蜜语，神色有所畏惧。之后，程昉却向众人扬言，说：『澶州士卒溃逃，是程中允（程颢曾任太子中允）诱导他们那样干的。我一定要向皇上控告他！』同事把这些话告诉程颢，程颢笑着说：『他正在害怕我，怎么能够这样！』程昉果然没敢说什么。

【梦龙评】这样的事，程颢的弟弟程颐必定做不到。纵使程颐能安抚溃卒，也定要与程昉在朝廷打官司；如此怎能令程昉心生畏惧，而不敢与自己作对呢？

## 吕相颐激励士气

建炎之役①，及水滨，而卫士②怀家流言。吕相颐浩③以大义谕解，且怵以利曰：『先及舟者，迁五秩④，署名而以堂印志之。其不逊倡率者，皆侧用印记！』事平，悉别而诛赏之。

【梦龙评】六合之战，周士卒有不致力者。宋祖阳为督战，以剑斫其皮笠。明日遍阅皮笠有剑迹者数十人，悉斩之。由是部兵莫不尽死。此与吕相事异而智同。

【注释】

①建炎之役：当指宋高宗建炎三年（1129年），金粘没喝南侵，高宗时在扬州，遂仓皇渡江南奔事。

②卫士：皇室侍卫。

③吕相颐浩：吕颐浩，徽宗时官河北都转运使，高宗南渡，知扬州，两入政府，同中书门下平章事。在相位时，专磷自吊，三二李纲。然在苗、刘之乱时，与张浚创议勤王，卒平内难，亦有功于时。

④五秩：五级。北宋武官之阶，政和之后，自太尉至下班祗应共五十二阶（级）。

【译文】

建炎之战，宋高宗逃到水滨，皇室侍卫中有思恋家乡的流言。丞相吕颐浩用大义晓谕众人，并且用利引诱他们说：『先上船的，提升五级，署上名，盖上打印。那些不驯服而倡率为乱的人，都在一旁用印做标志。』事情平息后，全部加以分别，诛杀或奖赏。

【梦龙评】六合之战时，后周的兵士中有人作战不出力，于是宋太祖假借督战之名，看到不认真作战的兵士，就顺势用剑在其皮帽上划上痕迹。第二天，宋太祖就检查士兵的皮帽，凡有剑痕者一律处死。从此兵士没有不卖力作战的。宋太祖和吕颐浩虽然做法不同，但用智相同。

## 王守仁平定蛮夷

王公守仁至苍梧[①]时，诸蛮闻公先声，皆股栗听命。而公顾益韬晦，以明年七月至南宁，使人约降苏受[②]。受阳诺而阴持两端，拥众二万人投降，实来观衅[③]。公遣门客龙光往谕意，受众露刃如雪，环之数十里，呼声震天。光坐胡床，引蛮跪前，宣朝廷威德与军门宽厚不杀之意，辞恳声厉，意态闲暇。光貌清古，鼻多髭，颇类王公。受故尝物色公貌，窃疑公潜来，咸俯首献款，誓不敢负，议遂定。然犹以精兵二千自卫。至南宁，投见有日矣。而公所爱指挥王佐、门客岑伯、高雅知公无杀苏受意，使人言苏受：『须纳万金丐命。』苏受大悔，恚言：『督府诳我！且仓卒安得万金？有反而已！』守仁有侍儿，年十四矣，知佐等谋，夜入帐中告公。公大惊，达旦不寐，使人告苏受：『毋信谗言，我必不杀若等！』受疑惧未决，言：『来见时必陈兵卫。』公许之。受复言：『军门左右祇候，须尽易以田州人，不易即不见。』公不得已，又许之。苏受入军门，兵卫充斥，郡人大恐。公数之，论杖一百。苏受不免甲而杖，杖人又田州人也。由是安然受杖而出，诸蛮咸帖。

**【梦龙评】**按：龙光，字冲虚，吉水人，以县丞致仕。王公督军虔南日，辟为参谋。宸濠之变，公易舟南趋吉安，光实赞之。一切筹划，多出自光。后九年，田州之役，公复檄光以从，卒定诸蛮，亦异人也！陈眉公惜其功赏废阁[④]，为之立传。

【注释】

①苍梧：广西古称苍梧，后世乃指广西设苍梧郡、苍梧县，而此则泛指广西。王守仁于嘉靖六年以兵部尚书总制两广、江西、湖广军务，至两广。

②苏受：卢苏、王受二人，为广西田州少数民族首领。原文似误作姓苏名受者一人了。

③观衅：侦伺敌方漏洞，寻找机会。

④废阁：废置不用。

【译文】

明朝的王守仁来到广西时，当地蛮人都十分害怕，对他俯首帖耳，而王守仁也更加地低调。第二年七月，王守仁到南宁，派人招降卢苏、王受。二人表面接受，内心却另有打算，带领两万人马前来投降，实则想伺机作乱。王守仁派门客龙光前往接收，卢苏、王受的部众个个露出兵刃，环聚几十里，喊声震天。龙光端坐在胡床上，叫蛮人跪在跟前，向他们宣讲朝廷的威德，以及大军对他们宽大处理的决定。龙光相貌清奇，鼻下多髭须，外貌很像王守仁。王受曾打听过王守仁的相貌，疑心这龙光就是王守仁本人，于是都老老实实接受招安，发誓绝不再反，协议就这样达成了。不过卢苏和王受还是保留了两千精兵做护卫。等到了南宁，很快就要拜见王守仁了，王守仁手下的亲信王佐和岑伯、高雅知道王守仁无意杀掉卢苏和王受，就派人对他们说：必须缴纳万金才能保住一命。二人听了十分后悔，愤愤地说：『督府骗我们！而且，一时到哪里去搞那么多钱？没说的，只能反了！』王守仁有一个侍童，年仅十四岁，得知王佐等人的事，连夜进帐禀报王守仁。王守仁大吃一惊，一夜未睡，派人告诉卢苏、王受说：『不要听信谣言，我肯定不会杀你们。』

二人将信将疑，说见面时要带兵来。王守仁答应了。二人又说：『你那里的护卫一定要全换成田州人，不换就不来相见。』王守仁不得已，也答应下来。卢苏、王受来了，带的人挤了个满满当当，声势很是吓人。王守仁把二人申斥一通，判责一百大板，但允许穿着铠甲挨板子，而行刑的也都是田州人。于是二人象征性地挨了一顿板子，安然而回，当地的蛮人从此都真正顺服了。

【梦龙评】按：龙光字冲虚，吉水人，只做到县丞。王守仁在虔南督军时，聘他为参谋。朱宸濠谋反，王守仁乘船到吉安，主要就是龙光参与的，许多事务的安排统筹也多是龙光的主意。九年之后有田州之役，王守仁又召龙光跟随，终于平定蛮人。这龙光也是个奇人。陈眉公很惋惜他功劳不小却不能得到朝廷重用，专门为他作传。

## 赵王暗斩密使

祁门胡进士兴，令三河。文皇①封赵王②，择辅以为长史。汉庶人③将反，密使至，赵王大惊，将执奏之。兴曰：『彼举事有日矣，何暇奏乎？万一事泄，是趣之叛。』一日尽歼之。汉平，赵王让还护卫兵④。宣庙闻斩使事，曰：『吾叔⑤非二心者！』赵遂得免。

【注释】

①文皇：明成祖朱棣。

②赵王：朱高燧，朱棣之子，永乐二年（1404年）封赵王，国于彰德。

③汉庶人：朱高煦，朱棣子，仁宗之同母弟，永乐二年封汉王，国于云南，后改封青州。狡诈多智，

善骑射，靖难之役时有功，有夺嫡之志，未遂。及宣宗时高煦据乐安反，宣宗亲征平之，废为庶人，与其子谐被诛。

④让还护卫兵：明初诸王设护卫指挥使司，每王设三护卫，每卫设五晰，每所千户二人，百户十人，是一支相当可观的武装力量。高燧让还护卫三，是为了解除皇帝对自己的疑惧之心。

⑤吾叔：宣宗为仁子，汉王、赵王均为宣宗叔父。

【译文】

进士胡兴，祁门县人，任三河县令。明成祖朱棣封其子朱高燧为赵王，选择人才辅佐赵王，任为长史。汉庶人（朱高煦，朱棣之子，初封汉王，后因谋反被废为庶人）准备造反，派使者秘密见赵王。赵王大惊，准备把汉王使者抓起来奏闻朝廷。胡兴说：『他很快就要造反了，哪里有时间上奏？万一事情泄露出去，是加速他叛乱。』一日全歼叛军，汉地平定。赵王让还护卫兵给朝廷。明宣宗得知赵王斩汉王使者之事，说：『我的叔叔不是有二心的人。』赵王于是得以幸免。

## 张浚假旨赏赐

建炎初，驾幸钱塘，留张忠献于平江为后镇。时汤东野字德广，丹阳人。适为守将，一日闻有赦令当至，心疑之，走白张公。公曰：『亟遣吏属解事者往视，缓驿骑而先取以归。』汤遣官发视，乃伪诏也。度不可宣，而事已彰灼①，卒徒急于望赐，惧有变，复谋之张公。公曰：『今便发库钱，示行赏之意。』乃屏伪诏，而阴取故府所藏登极赦书置舆中，迎登谯门②，读而张之，即去其阶，禁，无敢辄登者。而散给金帛如郊赉时。

于是人情略定，乃决大计。

【注释】

①彰灼：显明，显然。

②谯门：古代在城门上建筑的楼，可以远望。

【译文】

南宋高宗建炎初年，皇上驾幸钱塘，命张浚（谥忠献）在平江殿后，汤东野（字德广，丹阳人）任守将。一天，听说皇帝下诏书，汤东野感到奇怪，立即报告张浚。张浚说：『赶紧派个会办事的官员前往打探。』结果比前去接旨的驿丞早一步取得圣旨回来。汤东野检视取回的圣旨，发觉是伪造的，觉得不能公布，但这事已尽人皆知，军士们更希望能得到皇上的赏赐，怕引发动乱，又急忙和张浚商量。张浚说：『你先挪用郡府的库银，宣称是皇上的赏赐。』张浚暗中收起了假诏，拿出郡府中所收藏的登基大赦的旧诏书放在轿子里，登上谯门当众宣读，拿去了台阶上的栏杆，也没人敢随意登上。随即犒赏军士金帛，和皇帝郊祭时发放的数目相同，于是众人的情绪才平稳下来，这才有了后来的一番大事。

## 仓促间出大主张

张乖崖守成都，兵火之余，人怀反侧。一日大阅，始出，众遂嵩呼①者三。乖崖亦下马，东北望而三呼，复揽辔而行。众不敢哗。

上尝召徐中山王饮，迨夜，强之醉。醉甚，命内侍送旧内宿焉。旧内，上为吴王时所居也。中夜，王酒醒，问宿何地，内侍曰：『旧内也。』即起，趋丹陛②下，北面再拜，三叩头乃出。上闻之，大说。

【梦龙评】乖崖三呼，而军哗顿息；中山三叩头，而主信益坚。仓卒间乃有许大主张，非特恪谨③而已。

【注释】

①嵩呼：汉元封元年（前110年）春，武帝登嵩山，吏卒听到三次高呼『万岁』的声音。后来诗文中祝颂帝王，高呼万岁，称之为『嵩呼』。

②丹陛：古人指宫殿里的台阶，因漆红色，所以称丹陛。

③恪谨：恭谨，谨慎。

【译文】

张乖崖守成都。人们刚刚经过兵火战乱，心怀反复。一天，举行盛大阅兵式，张乖崖刚刚出来，众人三呼万岁的情况就有多次。张乖崖也下马。遥望东北，三次呼喊『万岁』，然后又牵着马而行。众人不敢再欢呼。

皇上曾经召中山王徐达饮酒，到了夜里，强让徐达饮酒至醉。徐达醉得很厉害，皇上命令内侍送徐达到旧的皇宫休息。旧的皇宫，是皇上为吴王时住的地方。到了半夜，徐达酒醒，问住在什么地方，内侍回答说：『是旧的皇宫。』徐达立即起身，急忙快步来到宫殿的台阶下，面朝北拜了两次，叩了三个头才出来。皇上听说这件事，十分高兴。

【梦龙评】张咏三呼万岁，军队的喧哗马上停止；徐达磕头三次，更坚定了太祖对他的信任。这两人在仓促之间就做出这么大的决定，不只是特别谨慎而已。

## 太史慈呈奏妙方

太史慈在郡①，会郡与州有隙②，曲直未分，以先闻者为善。时州章已去，郡守恐后之，求可使者。慈以选行，晨夜取道到洛阳，诣公车门③，则州吏才至，方求通。慈问曰：『君欲通章耶？』吏曰：『然。』『章安在？题署得无误耶？』因假章看④，便裂败⑤之。吏大呼持慈，慈与语曰：『君不以相与，吾亦无因得败，祸福等耳，吾不独受罪，岂若默然俱去？』因与遁还，郡章竟得直。

【注释】

①太史慈在郡：太史慈东莱郡黄县人，少仕郡奏曹史。

②郡与州有隙：东莱郡属青州刺史部。此指郡守与州刺史有隙。

③公车门：公车，汉代官署，设公车令。臣民上书砰公车接待。

④因假章看：州吏不知太史慈为东莱人，故慈可求取其章奏。

⑤败：毁坏章奏。

【译文】

太史慈在郡中任职之时，正值州郡之间嫌隙已深，是非曲直不可分辨，朝廷仅以奏章呈报的时间早晚来进行裁定。这时听说州里的奏章已派人呈递，郡中恐怕落后，正在寻求可以任使之人。最后大家共同推举太史慈担任使者，负责向朝廷呈送奏章。太史慈昼夜兼行，并选择捷径赶赴洛阳。当他到达宰相府门，将奏章呈进以后，州吏也持章而至，正在求人通报。太史慈上前问道：『你想呈递奏章吗？』州吏答道：『是的。』太史慈又说：『奏章在哪里？所题官署没有疏误吗？』说完就拿过州章阅看，并当即将其撕为碎片。

州吏高声叫喊，并要捉拿太史慈问罪，太史慈便耐心对他说：『如果你不把奏章给我，我也不能把它撕破，咱俩的过失是相同的，不会只是我一人犯罪。不如我们都默不作声，悄然离去，岂不啥事都没有了吗？』州吏只得和太史慈一起返回，郡中章奏最终得以首先被朝廷收览。

## 杨四设计救岳正

天顺中，承天门灾，阁臣岳正[①]以草诏得罪，降广东钦州同知。道漷[②]，以母老留阅月。尚书陈汝言[③]素憾正，至是嗾逻者[④]以私事中，逮系诏狱，拷掠备至，谪戍肃州镇夷所。至涿州，夜宿传舍，手梏急，气奔欲死。涿人杨四者素闻正名，为之祈哀。解人不肯。因醉以醇酒，伺其熟睡，谓正曰：『梏有封印，奈何？』正曰：『可烧鏊[⑤]令热，以酒喷封纸，就炙之，纸得燥，自然昂起。』杨乃如其言，去钉脱梏，刳其中[⑥]，复钉而封之。其人既醒，觉有异，杨乃告曰：『业已然，可如何？今奉银数十两为寿，不如纳之。』正以此得至戍所。

【注释】

①岳正：正统进士，天顺初以翰林院修撰入阁，因忤石亨、曹吉祥谪为广东钦州同知，改戍肃州卫。成化初复修撰，出知兴化府。

②道漷：路经济县（在今北京通县）。岳正为都县人。

③陈汝言：时为兵部尚书，阿附石亨、曹吉祥。其陷害岳正，即因贪赃乱法之罪下锦衣卫，籍其家。

④逻者：指厂、卫逸所派侦刺吏民者。

⑤鏊：炊具，平底锅。

⑥刳其中：挖空其内，使手腕被梏时较为宽松。

【译文】

明英宗天顺年间，承天门发生火灾，内阁大学士岳正因为起草诏书获罪，贬为广东钦州同知。途经漷县，因为母亲年老逗留了一个月。兵部尚书陈汝言一向仇恨岳正，到了现在，唆使厂卫侦探以私事中伤岳正，将岳正抓起来投进奉诏关押犯人的监狱，用各种刑具拷问，发配到肃州镇夷所戍边。到了涿州，夜里宿在驿站，岳正的手腕被梏（木制手铐）卡得很紧，气血不顺，难受得要死。涿州人杨四平常就听说过岳正的名声，为岳正向解差祈求打开梏，解差不肯。杨四就用美酒把解差灌醉，等他睡熟后，对岳正说：『梏有封印，怎么办？』岳正说：『可以把鏊子烧热，用酒喷到封纸上，放到鏊子边烤，封纸干燥，自然会翘起来。』杨四就按岳正说的去做，去掉销钉，打开梏，把中间挖空，重新插上销钉贴上封纸。解差醒来之后，发觉梏有异样。杨四就告诉他说：『事情已经这样了，怎么办吧？如今我奉献给你几十两银子，不如收下银子。』解差就不再追究了。岳正因此得以到达戍卫的地方。

## 李文达慎选讲读官

天顺初，德、秀等王皆当出阁[1]。英庙谕李文达公[2]贤慎选讲读官[3]。文达以亲王四位，用官八员，翰林几去半矣，乃请于新进士内选人物俊伟、语言正当、学问优长者，授以检讨之职，分任讲读。遂为定例。

【注释】

①出阁：皇子离开朝廷，到自己的封地做藩王。

②李文达公：李贤，谥文达。

③讲读官：朝廷为诸王设侍讲、侍读。

【译文】

明英宗天顺初年，德王、秀王等皇子即将离开朝廷去自己的封地，英宗派李贤（谥文达）慎重挑选皇子们的讲读官。李文达认为四位皇子，讲读官要用八人，全部安排现任的翰林，那翰林就得少去一半，所以奏请英宗准许由新科进士中挑选相貌英俊、身材挺拔、言行得体、学识丰富的，授以检讨的官位并担任讲读。从此这就成了惯例。

## 周文襄运粮有方

己巳之难①，也先将犯京城，声言欲据通州仓②。举朝仓皇无措，议者欲遣人举火烧仓，恐敌之因粮于我也。时周文襄公忱适在京，因建议，令各卫军预支半年粮，令其往取。于是肩负者踵接，不数日，京师顿实，而通州仓为之一空。

【梦龙评】一云：己巳之变，议者请烧通州仓以绝虏望。于肃愍曰：『国之命脉，民之膏脂，奈何不惜！』传示城中有力者恣取之。数日粟尽入城。郦生以楚拔荥阳不坚守为失策，劝沛公急取敖仓③。又李密据黎阳仓④，开仓恣民就食，浃旬⑤得兵三十余万。徐洪客献策谓：『大众久聚，恐米尽人散，难以成功，宜乘锐进取。』密不从而败。刘子羽守仙人关⑥，预徙梁、洋公私之积。金人深入，馈饷不继，乃去。自古攻守之策，未有不以食为本者，要在敌未至而预图耳。若搬运不及，则焚弃亦是一策。古名将亦往往有之，决不可赍盗粮也。

【注释】

①己巳之难：明英宗正统十四年所发生的土木之变，己巳年为1449年。

②通州仓：明时通州仓为国家的重要粮仓。

③敖仓：古仓名，为秦代在敖山上所修置的谷仓，故址在今河南省郑州市西北邙山上。敖仓地处黄河和济水分流处，中原漕粮集中于此，再西运关中，北输边塞，是当时最重要的粮仓。楚汉相争时，刘邦采纳了郦食其的建议，夺取敖仓，以供军需。

④黎阳仓：古仓名，相传三国时袁绍曾筑仓聚粟于此，旧址在今河南省浚县西南。隋开皇三年（583年），为了转运河北粮食至京师，于此设仓。

⑤浃旬：一旬，十天。

⑥仙人关：古关名，在今甘肃省徽县南，为渭河流域通往四川盆地的交通要隘。

【译文】

己巳之难（指明英宗正统十四年土木堡之变，次年为己巳年，故称），也先将要进犯京城，声称要占据通州粮仓。满朝官员惊慌失措，有的人建议派人放火烧了通州粮仓，恐怕敌人利用通州粮仓的粮食进攻。当时文襄公周忱正巧在京城，于是建议，命令各卫的军兵预支半年的军粮，让他们前去通州粮仓取粮。于是，肩负粮食的人接踵而至，不过几天，京城的粮食顿时充实起来，通州粮仓因此全部空了。

【梦龙评】另有一说是：己巳之变后，有大臣曾建议烧毁通州粮仓，以断绝瓦剌抢粮之野心。于谦上奏：『米粮是国家命脉、人民膏脂，不应轻易焚毁。』于是下令城中凡有力气搬粮的百姓都可前去通州搬米。不多日，通州的米粮全集中到京城。

楚汉相争时，郦食其认为，项羽攻荥阳却不力守米粮最多的敖仓，是一大失策，并劝刘邦夺取敖仓米粮，奠定日后取胜的基础。而李密占领黎阳后曾下令大开米仓任百姓搬米，一时归附李密的将士有三十万人。徐洪客曾建议李密：趁米粮充足深得人心的大好时机，一鼓作气继续进攻，等到米尽人散时就难成功了。但李密没有接受他的建议，最终导致失败。刘子羽攻占仙人关，事先运走梁州、洋州公家和私人所储藏的米粮。金人进攻时，因粮饷不继，无法恋战，只有退兵。

自古军人作战，无不以米粮为胜负的根本保障。要在敌人尚未进攻前就全盘地准备。万一搬运不及，烧毁也是一种策略，古代许多名将往往也用这一招。绝不能将米粮白白地送给敌人。

## 朴恒收尸慰亡魂

尝有觅亲尸于战场，溃腐不可物色者。高丽臣①朴恒父母殁于蒙古之兵，恒从积尸中得相似者辄收瘗②，凡三百余人。此亦一法。

【梦龙评】元祐间有大臣某，父贬死珠崖③，寓柩不归。既贵，自过海迎取。岁久，无能识者。僧房中有数柩枯骨，无款记④。不获已，挈⑤一棺归，与其母合葬。后竟传误取亡僧骨者，方知朴恒有见。

【注释】

①高丽臣：高丽人而仕于宋朝者。

②瘗（yì）：古人称埋祭品。这里指的是尸体。

③珠崖：在今海南岛。

④无款记：没有落款题字。

⑤挈（qiè）：带，携。

【译文】

曾经有人到战场上寻觅亲人的尸首，因为尸首腐烂而不能分辨。高丽人朴恒在宋朝做官，他的父母都死在蒙古兵手中，朴恒在堆积的尸体中寻找父母的尸首，见有相似的人就收起来埋葬，共埋葬了三百多人。这也是一种办法。

【梦龙评】元祐年间有位大臣，年轻时父亲因罪贬至珠崖，不久死于当地，但棺柩一直没有运回家乡。大臣显贵后想迎父棺回乡，来到停棺的寺庙，只见停放着好几口棺木，尸体已成枯骨。没有姓名记号，于是大臣便随意取了其中一口棺木与他母亲合葬。事后曾经传出大臣误运了和尚棺木回家的流言。发生这种事后，我们不得不说朴恒的做法有他的道理。

# 谬数卷十七

【导读】

本卷收集了应付仓促出现的困难的机智故事。刘邦采用张良的建议加封生平最憎恨的雍齿以安大臣之心，从而使潜在的叛乱消解于无形；鲁哀公采用孔子的建议严惩不救火而逐兽之人，扑灭了积泽之火，都是能于紧急关头采取适当的措施而纾急的例子。解决急需物资的缺乏，应变之策更是多样。宋代万安知县为迎敌将士买饭，赵从善造红桌，辛弃疾赁瓦，周忱解决牛胶之急需，以包锡代替对头盔的打磨，张恺以桌做炉架、以布制马槽，张毂以别羽做箭羽，边卒以火锻土坑为臼以舂米，韦丹制蒺藜棒做兵器，李见则发明冰炮，等等，或出奇策，或化废为宝，或因地制宜，皆为应急之良法。至于孙权草船借箭，则更为出人意料之智谋。侯叔献治汴水、雷简夫挖穴埋石以止水患，皆善于动脑。曹操望梅止渴之法，每为后人所称；盛文肃借求矮桌以掩其属文思迟，令人发笑之余，也佩服其智。

【原文】

西江有水①，遐不及汲；壶浆箪食，贵于拱璧②；岂无永图，聊以纾急③。集《应卒》。

【注释】

①西江有水：西江，长江自西而来，俗称西江。此句意谓长江虽然水很多，但相距太远，来不及汲取。即远水难救近火之意。

②壶浆箪食：壶浆，一箪食，虽然物卑量少，但对饥渴的人来说，却贵似拱璧。拱璧，大璧，此泛指珍贵之物。

③纾急：解救急难。

【译文】

滔滔长江自西而来，无法汲取而解燃眉之急。一箪食一壶水，对于饥渴的人比大块的宝玉还珍贵。这并非不做长久的打算，只是用来暂时化解突发的灾难。因此集《应卒》卷。

## 刘邦为雍齿封侯

高帝已封大功臣二十余人，其余日夜争功不决。上在洛阳南宫①，望见诸将往往相与坐沙中偶语，以问留侯②。对曰：『陛下起布衣③，以此属取天下。今为天子，而所封皆故人④，所诛皆仇怨，故相聚谋反耳！』上忧之，曰：『奈何？』留侯曰：『上生平所憎，群臣所共知，谁最甚者？』上曰：『雍齿⑤数窘我。』留侯曰：『今急，先封雍齿，则群臣人人自坚矣。』乃封齿为什邡侯。群臣喜曰：『雍齿且侯，吾属无患矣！』

【梦龙评】温公⑥曰：『诸将所言，未必反也。果谋反，良亦何待问而后言邪？徒以帝初得天下，数用爱憎行诛赏，群臣往往有觖望自危之心，故良因事纳忠以变移帝意耳。』袁了凡⑦曰：『子房为雍齿游说，使帝自是有疑功臣之心，致三大功臣相继屠戮，未必非一言之害也！』由前言，良为忠谋；由后言，良为罪案。要之布衣称帝，自汉创局，群臣皆比肩共事之人，若觖望自危，其势必反。帝所虑亦止此一着，良乘机道破，所以其言易入，而诸将之浮议顿息，不可谓非奇谋也！若韩、彭菹醢⑧，良亦何能逆料之哉！

【注释】

①洛阳南宫：汉高帝刘邦方统一中国，初以洛阳为都城，不久，从娄敬、张良议，改都于长安。此时

因出巡归，又至洛阳。

②留侯：张良封留侯。

③布衣：平民。汉以前帝王均为世袭贵族，以布衣为天子，自刘邦始。

④故人：萧、曹、樊、灌等均系刘邦布衣时所交往之人。

⑤雍齿：本从刘邦起兵，后叛归项羽，数于战场使刘邦困窘。不久，复归刘邦，征战有功。而刘邦对他始终心怀怨恨。

⑥温公：司马光，封温国公，下所引句见于司马光所撰《资治通鉴》，而文句稍有变易。

⑦袁了凡：袁黄，字了凡，明人，著有《史汉定本》及《纲鉴补》。

⑧韩、彭菹醢：汉夷韩信三族，又诛彭越，醢其肉以赐诸侯。醢，以肉为酱。

【译文】

汉高祖刘邦平定天下，封赏了二十多位功臣。其余还没有封赏的将领，每天在那里互相争功。高祖在洛阳南宫时，远远望见将军们聚坐在沙地上交谈，便问张良是怎么回事。张良说：『陛下从平民百姓，在这班人的辅佐下取得了天下。现在身为天子，分封的都是早有交往的旧友，诛杀的则都是曾与陛下有过节的，所以这些将军聚在那里商量造反呢。』高祖十分担忧，说：『那该怎么办呢？』张良说：『陛下生平最讨厌的，而大臣也都知道的人，是谁？』高祖答：『雍齿多次让我难堪，最可恶。』张良说：『那现在情况紧急，请陛下先封雍齿为侯，那么其他大臣就不会再心存疑虑了。』于是高祖封雍齿为什邡侯。群臣很高兴：『连雍齿都封侯了，我们还有什么可担心的！』

【梦龙评】司马光（封温国公）说：『将军们所谈论的未必是有关谋反的事。要真是在谋反，张良也不会等到高祖问了才说。张良只因高祖初即帝位，多以个人的爱憎行赏论罪，造成群臣普遍不满和不安，所以张良以这个事加以劝谏，改变高祖的做法。袁黄（号了凡）说：「张良为雍齿游说，使高祖从此开始猜忌功臣，最终导致三大功臣相继被杀，未尝不是张良的一句话所种下的祸根。」按前一种说法，张良是忠言进谏；按后一种说法，这就是张良的罪状了。总之，以平民称帝建立新王朝，那是从汉刘邦开始的，手下群臣都是当年并肩征战的伙伴，要是他们集体感到不满和不安，造反是顺理成章的事。高祖所忧虑的也正在于此，张良乘机说破，所以高祖很容易接受，诸将的议论也立刻得以平息，不能不说是高明的计谋。至于诛杀韩信、彭越，张良哪能事先预料呢！』

## 周忱以变应急

正统中，采绘宫殿，计用牛胶万余斤，遣官敕江南上供甚急。时巡抚周忱以议事赴京，遇诸途，敕使请公还治。公曰：『第行，自有处置。』至京，言『京库所贮牛皮，岁久朽腐，请出煎胶应用，俟归市皮还库，以新易旧，两得便利。』王振欣然从之。

时边事紧急①，工部移文，索造盔甲腰刀数百万，其盔俱要水磨。公取所积余米，依数成造，且计水磨明盔非岁月不可，暂令摆锡②，旬日而办。

【注释】

①边事紧急：明朝与北部鞑靼之间战事频繁。

②摆锡：镀一层锡。

【译文】

正统年间朝廷要彩色描绘宫殿，预计用牛皮胶一万多斤，派官员到江南传令上供牛皮胶，十分急迫。当时巡抚周忱因议事赶赴京城，在路上遇见这位官员，差官请周忱回去治办牛皮胶。周忱说：『你只管和我赴京，我自有办法。』到了京城，周忱对司礼太监王振说：『京中府库储存的牛皮，时间太久已经腐朽了，请取出来熬成胶应付使用，等我回去买新牛皮还给府库，以新换旧，两方面都便利。』王振愉快地同意。

当时边关军情紧急，工部发来公文，要求制造盔甲腰刀数百万件，并且头盔都要水磨。周忱取出积存的余米，按数造成。考虑到水磨明盔没一年时间完不成，就下令把头盔包上锡，十天时间就办好了。

## 张恺妙解琐碎事

张恺，鄞县人，宣德三年，以监生[①]为江陵令。时征交趾大军过，总督日晡[②]立取火炉及架数百。恺即命木工以方漆桌锯半脚，凿其中，以铁锅实之。已又取马槽千余，即取针工各户妇人，以棉布缝成槽，槽口缀以绳，用木桩张其四角，饲马食过便收卷，前路足用，遂以为法。

【梦龙评】后周文襄荐为工部主事，督运大得其力。嗟乎！此监生也，用人可以资格限乎？

【注释】

①监生：古代指在国子监肄业的学生。明代的监生分为四类：举监、贡监、荫监、例监。

②晡（bū）：黄昏时分。

【译文】

明朝的张恺是浙江鄞县人，宣德三年以监生的资历任江陵县令。当时出征交趾的军队路过，总督傍晚要求立刻备办数百具火炉及架子。张恺就找来木匠，把方桌桌脚锯去一半，再把桌面中央挖空，架上铁锅。接着又要一千多马槽，张恺就叫来做针线的妇女用棉布缝制马槽，槽口系上绳索，四角用木桩撑起，喂完马后可以卷起收好，以备下次再用。这个做法后来成为一种标准。

【梦龙评】日后周文襄曾大力推荐张恺为工部主事，对督运的帮助甚多。张恺不过是个监生，但表现不凡，所以在人才的选拔使用上怎能以资格来限定呢？

## 张彀务实降羽价

张彀为同州观察判官[①]。是时出兵备边州，征箭十万，限以雕雁羽为之，其价翔踊[②]，不可得。彀曰：『矢，去物也，何羽不可？』节度使曰：『当须省报。』彀曰：『州距京师二千里，如民急何？万一有责，下官任之。』一日之间，价减数倍，尚书省竟如所请。

【注释】

①张彀（gòu）：字伯英，金朝临颍（今属河南省）人，大定进士，官至河东南路转运使。同州：州名，辖境相当今陕西大荔、合阳、白水等县地。观察判官：官名，观察使的佐官，职位略低于副使，不是正官。观察使，唐初于诸道置观察使，位次于节度使。唐中叶以后，多以节度使兼领其职；无节度使之州，亦特设观察使，管辖一道或数州，并兼任刺史之职。举凡兵甲财赋民俗之事，无所不领，谓之

都府，权任甚重。宋观察使为虚衔，无定员。

②翔踊：物价腾贵或暴涨。

【译文】

金朝大臣张觳做同州观察判官，这时为边关作战供应兵器，向他征取十万支箭，限定用雕雁羽毛做箭羽。雕雁羽毛价格昂贵，不易得到。张觳说：『箭是射出去的东西，什么羽毛不行？』节度使说：『这应该向尚书省报告。』张觳说：『同州距离京师二千里，边关急用怎么办？万一怪罪下来，下官承担全部责任。』一天时间就降低了几倍的开支，将箭造好，尚书省也竟然同意了张觳的请求。

## 颜常道献退水计

颜常道曰：某年河水围濮州，城窦[1]失戒[2]，夜发声如雷，须臾巷水没骭。士有献衣袽[3]之法，其要：取绵絮胎，缚作团，大小不一，使善泅卒沿城扪漏穴便塞之，水势即弭，众工随兴，城堞无虞。

【注释】

①窦：城墙漏洞。

②失戒：疏于防护。

③衣袽：衣服中的破棉絮。

【译文】

颜常道说：『有一年河水暴涨，濮州被水围困。因为没有留意城墙上大大小小的孔洞，晚上河水由孔洞中涌入，声音很大，一会儿工夫，城中巷道内的积水已经浸没小腿。有人建议：不如用破衣堵洞的做法。取来大小不等的棉团，命善游泳的小兵，沿着城墙用手摸索墙上的孔洞，用棉团塞住。果然，不久城内积水退去，工人们马上动工修补城墙。

## 侯叔献疏水修堤

熙宁[1]中，睢阳界中发汴堤淤田[2]，汴水暴至，堤防颇坏陷，人力不可制。时都水丞侯叔献[3]莅役相视，其上数十里有一古城，急发汴堤注水入古城中，下流遂涸，使人亟治堤陷。次日，古城中水盈，汴流复行，而堤陷已完矣。徐塞古城所决，内外之水，平而不流，瞬息可塞。众皆伏其机敏。

【注释】

①熙宁：宋神宗赵顼年号。

②发汴堤淤田：打开河堤，放出河水及沉积物以灌耕地，有施肥之用。

③侯叔献：王安石门人。

【译文】

熙宁年间，在睢阳地界中掘开汴河河堤淤田，汴河水迅猛来到，堤防多被冲坏塌陷，人力不能制止。当时都水丞侯叔献到冲毁的地方查看。汴河上游几十里的地方有一座古城，侯叔献命立即掘古城的汴河河堤，让水注入到古城里，于是下游就干涸了。他就命人迅速修复被冲坏的河堤。第二天古城中的水满了，河水再次冲下来，但这时河堤的塌陷处已修好。接着从容地堵塞古城决口的河堤，决口处内外的水平齐而不流动，很快就堵塞住了。众人都叹服侯叔献的机敏。

## 盛文肃善用其短

盛文肃在翰苑①日，昭陵②尝召入，面谕：『近日亢旱③，祷而不应，朕当痛自咎责，诏求民间疾苦。卿只就此草诏，庶几可以商量，不欲进本往复也。』文肃奏曰：『臣体肥，不能伏地作字，乞赐一平面子④。』上从之，逮传旨下有司而平面子至，则诏已成矣。上嘉其敏速，更不易一字。或曰：『文肃属文思迟，乞平面子，盖亦善用其短也。』

【注释】

①盛文肃：盛度，字公量，北宋余杭（今浙江余杭市）人，举进士第，官累尚书屯田员外郎，奉使陕西。景祐间，以礼部侍郎参知政事，迁知枢密院事，后知应天府，以疾致仕，卒谥文肃。度好学，家居，图书未尝释手，敏于为文而泛滥不料，尝奉诏同《续通鉴》《文苑精华》等。翰苑：翰林院的别称。

②昭陵：北宋仁宗皇帝赵祯，因死后葬于永昭陵，宋人故亦以『昭陵』称仁宗。

③亢旱：大旱。

④平面子：古人用以倚凭身体的矮桌几。

【译文】

北宋大臣盛度（谥文肃）在翰林院任职时，宋仁宗（卒葬永昭陵，故称昭陵）曾召他进宫，当面告诉他说：『近日来连续干旱，祈祷上天可是上天不应。朕应当深刻地引咎自责，下诏询问民间疾苦。你就在这里起草诏书，也好当面商量改定，不想来回反复送奏本了。』盛度启奏说：『臣身体肥胖，不能伏在地上写字，请皇上赐我一个矮脚桌子。』皇上允准，等传旨到有司而把桌子送来时，诏书已拟好了。皇上赞赏盛度才思敏捷，并且未改一字。有人说：『盛度作文构思迟缓，请求赐一桌子，这也是他善于处理自己的这一短处。』

# 言辩智囊

## 敏悟卷十八

【导读】

本卷收集了聪敏善悟的故事。大致可分为三类。一类为明于事理，如司马遹小小年纪即懂得暮夜仓促，宜备非常，懂得杀肥猪以养士的道理；李德裕小时即懂得取位之别；王戎七岁即由道旁李树无人扳折推知『此必苦李』，皆聪明非常。一类为解决疑难，如文彦博幼时与群儿戏，以水灌柱穴以出球；司马光碎缸救落水小儿；张巅以小船作比计算大船所需费用；杨佐以木盘洒水以降阴气而修盐井；尹见心以木桶套水中树以锯之；怀丙以船夹出铁牛；黄怀信献凿澳支柱置梁之计得以修好龙船腹；曹冲称象等，皆为善于动脑使困难迎刃而解者。一类为解谜测字，扬脩解『黄绢幼妇外孙齑臼』之谜，刘显知梁武帝书『贞』字之意，开元寺沙弥解出客人所题诗句隐『合寺苟卒』四字，苏小妹以谜解谜，皆为聪明绝顶。杜琼、谯周由姓名测国运，察武帝折侯晏之名知其不久即亡，谢石折字而知人之命运，皆有迷信荒诞不经之色彩。至如刘伯温以解梦测字而救人，董伽罗以折字析梦鼓励段思平举事，子犯解梦而释晋文公之疑等，则应另当别论。

【原文】

剪彩成花，青阳笑之①。人工则劳，天巧自如。不卜不筮，匪虑匪思②。集《敏悟》。

【注释】

①剪彩成花，青阳笑之：青阳，春天，此处把春天人格化了。这句的意思是，用人工把彩绸剪裁成花朵，

尽管很精巧，但春天却要讥笑它的不自然。

②不卜不筮，匪虑匪思：既不用占卜，也不用思考，指断事之敏捷。

【译文】

人工巧匠剪纸成花，春天看了笑他笨拙。人力所成总不免辛劳而粗，真正的大巧必定是行云流水般自如。不要算卦不要占卜，不要思考不要盘算。这一卷讲的，都是关于浑然天成的机敏智慧的小故事，名为《敏悟》。

## 太子遹可愍可怀

晋惠帝太子遹①，自幼聪慧。宫中尝夜失火。武帝②登楼望之。太子乃牵帝衣入暗中。帝问其故，对曰：『暮夜仓卒，宜备非常，不可令照见人主。』时遹才五岁耳。帝大奇之。尝从帝观豕牢，言于帝曰：『豕甚肥，何不杀以养士，而令坐费五谷？』帝抚其背曰：『是儿当兴吾家！』后竟以贾后谗废死，谥愍怀。吁，真可愍可怀也！

【梦龙评】此大智识人，何以不禄③？噫！斯人而禄也，司马氏必昌，而天道僭矣④。遹谥愍怀，而继惠世者，一怀一愍⑤，马遂革而为牛⑥，天之巧于示应乎？

【注释】

①晋惠帝太子遹：司马遹，晋惠帝长子。少聪颖。惠帝即位后立为太子，及长不好学，唯与左右嬉戏。为贾后所忌，废死。

②武帝：晋武帝司马炎，通之祖父。

③禄：禄命，指人的富贵寿考。

④天道僭矣：僭，过失、差误。此句意谓司马氏以篡逆得天下，按天理本不应久享天下，如晋室因司马远而得以昌盛，那么天理就不公平了。

⑤继惠世者，一怀一愍：惠帝被毒死后，其弟司马炽即位，是为怀帝，在位七年，为汉主刘聪所杀。惠帝从侄秦王司马邺闻之，即位于长安，是为愍帝，在位四年。

⑥马遂革而为牛：愍帝死后，琅琊王司马睿即位于南京，偏安江左，是为元帝。睿母夏侯氏，因与小吏牛氏私通而生睿，故此云『马』变为『牛』。

【译文】

晋惠帝的太子司马遹，自幼聪明而有智慧。宫中曾经夜里失火，武帝登楼查看火情。太子就拉着武帝的衣服来到火光照不着的暗处，武帝问来到暗处的原因，太子回答说：『黑夜忙乱中，应该防备万一，不能让火光照见皇帝。』当时司马遹才五岁。武帝非常惊奇。

太子曾经跟随惠帝查看猪圈，对惠帝说：『猪很肥，为什么不杀掉它们来养活士人，却让它们只是消耗五谷？』惠帝抚摸着太子的后背说：『这个孩子定能使我家兴盛！』后来，太子竟因贾后的谗言被废黜、杀死，谥号愍怀。唉，实在是一个值得怜悯值得怀念的太子啊！

【梦龙评】太子大智过人，为什么又如此短命呢？唉！如果太子活得长些继承王位，司马氏必然昌盛，然而真如此的话，就超出了天道的正常轨迹。司马遹谥号愍怀，而在惠帝驾崩后，继承帝位的两代君主竟分别是怀帝、愍帝，司马氏最后为牛氏所取代，这难道是上天安排的一种巧妙的显示吗？

## 公辅之器李德裕

李德裕神俊，父吉甫每向同列夸之。武相元衡①召谓曰：『吾子在家所读何书？』意欲探其志也。德裕不应。翌日，元衡具告吉甫。吉甫归责之，德裕曰：『武公身为帝弼②，不问理国调阴阳，而问所读书。书者，成均③礼部之职也。其言不当，是以不应。』吉甫复告，元衡大惭。

【梦龙评】便知是公辅之器。

【注释】

①武相元衡：武元衡，字伯苍，唐河南缑氏（今偃师南）人。曾祖为武则天族弟，建中进士，官累华原令、比部员外郎、门下侍郎、同平章事，封临淮郡公，仕德宗、宪宗朝，被德宗誉为『真宰相器』，宪宗亦特重之，后因主持讨伐淮西吴元济，被淄青李师道遣人暗杀。

②帝弼：亦称『帝辅』，帝王的辅佐，此处指丞相。

③成均：古代大学。

【译文】

李德裕才智超群，他父亲李吉甫经常向同僚夸赞自己的儿子。丞相武元衡召见李德裕问道：『你在家读些什么书啊？』武元衡的意图是想试探他的志向，德裕不回答。第二天，武元衡把此事原原本本地告诉了李吉甫。李吉甫回家后批评了儿子，德裕说：『武公身为皇帝辅臣，不问治理国家、调和阴阳的大事，却问我读什么书，读书是太学、礼部管的事，他问得不合适，因此我不回答。』李吉甫又把这些话告诉了武元衡，元衡非常惭愧。

【梦龙评】李德裕小小年纪能说出这番话，可知他日后必是三公或辅相之才。

## 小小了了大也佳

彦博幼时，与群儿戏击球。球入柱穴中，不能取。公以水灌之，球浮出。

司马光幼与群儿戏。一儿误堕大水瓮①中，已没，群儿惊走。光取石破瓮，遂得出。

【梦龙评】二公应变之才，济人之术，已露一斑。孰谓『小时了了②者，大定不佳』耶？

【注释】

①瓮：水缸。

②了了：通晓事理，聪慧。

【译文】

文彦博年幼时，和一群小孩儿玩击球的游戏，球掉进柱子坑穴里，没法儿拿出来，文彦博将水灌进坑穴中，球就浮了上来。

司马光小时候和一群小孩儿玩耍。一个小孩儿不小心掉进大水缸里，随后就淹没了，这群小孩都吓跑了。司马光拿来石头敲破水缸，落水小孩儿就救出来了。

【梦龙评】以上二公的应变之才和济人之术，在儿童时已显露端倪。谁还能说小时聪明过人，长大以后就必会成平庸之辈呢？

## 杨佐计换新木

陵州[1]有盐井，深五十丈，皆石作底，用柏木为干，上出井口，垂绠而下，方能得水。岁久，干摧败，欲易之，而阴气腾上，入者辄死。唯天雨则气随以下，稍能施工，晴则亟止。佐[2]官陵州，教工人用木盘贮水，穴隙洒之，如雨滴然，谓之水盘。如是累月，井干一新，利复其旧。

【注释】

①陵州：在今四川省仁寿东。

②佐：杨佐，北宋时人，初为陵州推官，累迁至江淮发运使、天章阁待制。

【译文】

陵州有口盐井，深五十丈，都是石头做底，用柏木做井干，上面超出井口，垂下井绳然后人下去，才能得到水。时间久了，井干朽，想换个新的，可是井里阴气上升，下井的人就会死掉，只有下雨气才随雨水下沉，略微能施工，天晴立刻停止。杨佐在陵州做官，让工匠用大木盘盛上水，从木盘的孔穴和缝隙中把水洒下，像下雨一样，人们叫它水盘，这样修造了一个月，井干焕然一新，又和从前一样方便了。

## 尹见心水中锯树

尹见心为知县。县近河，河中有一树，从水中生，有年矣，屡屡坏人舟。见心命去之。民曰：『根在水中甚固，不得去。』见心遣能入水者一人，往量其长短若干。为一杉木大桶，较木稍长，空其两头，从树杪[1]穿下，打入水中，因以巨瓢尽涸其水，使人入而锯之，木遂[2]断。

【注释】

①树杪（miǎo）：树枝上的细梢。

②遂：于是。

【译文】

尹见心做知县时，县城靠近大河，河中有一棵树，在水中生长许多年了，经常碰坏行船。尹见心命人去掉这棵树，百姓们说：『树根在水里，十分牢固，无法去掉。』尹见心派一个能潜水的人潜入水中，量一下这树的尺寸有多少，然后做一个杉木大桶，比树稍微长一些，桶两头是空的，从树梢上套下，将桶打进水里，再用大瓢舀干桶里的水，派人进入桶中去锯，这棵树于是去掉了。

## 怀丙和尚浮铁牛

宋河中府浮梁[1]，用铁牛八维之，一牛且数万斤。治平[2]中，水暴涨绝梁，牵牛没于河。募能出之者。真定僧怀丙以二大舟实土，夹牛维之，用大木为权衡[3]状钩牛，徐去其土，舟浮牛出。转运使张焘以闻[4]，赐之紫衣[5]。

【注释】

①河中府浮梁：宋河中府在今山西省永济，黄河上设有浮桥。

②治平：宋英宗赵曙年号，1064—1067年。

③权衡：秤杆。

④以闻：报告给朝廷。

⑤赐之紫衣：自唐以后，朝廷以赐僧人紫色袈裟示荣宠。紫衣，贵人之服。

【译文】

北宋时河中府黄河上有座浮桥，用八头铁牛固定，一头牛就有几万斤。治平年间河水暴涨，冲毁浮桥，把铁牛也拉走沉入了河底。官员悬赏能打捞铁牛的人。真定的怀丙和尚接了任务，用两艘装满泥土的大船分夹在铁牛两侧，用绳索拴好铁牛，再用一根大木头像秤杆一样搭在两船上，系好拴在牛身上的绳索，慢慢减去船里的泥土，船身浮起后铁牛就被拉了出来。转运使张焘将此事上报，朝廷赐给怀丙一件紫色袈裟。

## 明成祖巧竖功德碑

成祖勒①高皇帝功德碑于钟山。碑既巨丽②非常，而龟趺③太高，无策致之。一日梦有神人告之曰：『欲竖此碑，当令龟不见人，人不见龟。』既寤，思而得之。遂令人筑土与龟背平，而辇④碑其上，既定而去土，遂不劳力而毕。

【注释】

①勒：刻，画。

②巨（jù）丽：高大壮丽。

③龟趺（fū）：龟形碑上的石座。

④辇（niǎn）：古时用人拉着走的车子，此处用作动词。

【译文】

明成祖在钟山为太祖高皇帝刻功德碑。碑制成后特别高大华丽，可是龟形碑座太高，没办法把碑立在碑座上。有一天，成祖梦见神人告诉他说：『要立此碑，应该让龟不见人，人不见龟。』醒来后成祖思索一下就明白了。于是命人在龟的周围筑土，和龟背平齐，然后用车把碑移到龟背上。立好碑后，把筑的土清除。所以没费多大气力就把碑立好了。

## 熊于字为能火也

绍兴己酉①，有熊至永嘉城下。州守高世则谓其倅赵元镭曰②：『熊，于字为「能火」。郡中宜慎火烛！』后数日，果烧官民舍十七八。

弘治十年六月，京师西直门有熊入城。兵部郎中何孟春亦以慎火为言。未几，礼部火；又未几，乾清宫毁焉。

【注释】

①绍兴己酉：南宋高宗绍兴时没有己酉年。『己酉年』当为高宗建炎三年（1129年）。

②高世则：字仲贻，北宋蒙城（治今安徽省）人，以节度使判温州。倅（cuì）：副职。

【译文】

南宋绍兴三年（1133年），有一只熊来到永嘉城下，当时以节度使镇守温州的高世则对他的副手同知赵镭说：『熊，在字形上是「能火」，郡城里应该谨慎使用火烛。』此后数日，果然失火烧了十分之七八的官房民舍。

明弘治十年六月，京城西直门有一只熊进城。兵部郎中何孟春也用小心防火的话进行告诫。不久，礼部失火。又不久，乾清宫被烧毁。

## 曹翰见蟹班师

曹翰从征幽州①，方攻城，卒掘土得蟹以献。翰曰：『蟹，水物而陆居，失所也；且多足，彼援将至②，不可进拔之象。况蟹者，解也，其班师乎？』已而果验。

【注释】

①曹翰从征幽州：宋太宗太平兴国四年（979年）统兵灭北汉，遂移兵攻辽，至幽州南，为辽兵所败。此役曹翰随驾出征。

②彼援将至：辽遣耶律休哥来援幽州。

【译文】

曹翰跟随去征讨幽州，正在攻城，士兵挖土捉到一只蟹，把它献给曹翰。曹翰说：『蟹是水中动物却到陆上生活，是失掉了住处，而且蟹有许多脚。敌方援兵就要到来，这是不能攻取的征象，何况蟹就是解（免除），也许该班师吧？』后来果然应验了。

## 郑钦说精释碑铭

钦说①天性敏慧，精历术。开元后累官右补阙内供奉②。初，梁之大同四年，太常任昉③于钟山圹中得铭曰：『龟言土，蓍言水，甸服黄钟起灵址。瘞④在三上庚，堕遇七中巳。六千三百浃辰交，二九重三四百圮。』昉遍穷之，莫能辨，因遗戒子孙曰：『世世以铭访通人，有得其解者，吾死无恨！』昉五世孙升之隐居商洛⑤，写以授钦说。钦说时出使，得之于长乐驿，至敷水⑥三十里辄悟，曰：『此卜宅者搜葬之岁月，而先识墓圮日辰也。「甸服」，五百也。「黄钟」，十二也。由大同四年却求汉建武四年，凡五百一十二年。葬以三月十日庚寅，「三上庚」也。圮以七月十二日己巳，「七中巳」也。「浃辰」，十二也。建武四年三月至大同四年七月，六千三百一十二月。月一交，故曰「六千三百浃辰交」。「二九」，十八也。「重三」，六也。建武四年三月十日，距大同四年七月十二日，十八万六千四百日，故曰「二九重三四百圮」。』升之大惊，服其超悟。

【注释】

①钦说：郑钦说，唐荥阳（今属河南省）人，官累巩县尉、集贤院校理、右补阙内供奉，后由殿中侍御史贬夜郎尉卒。

②右补阙内供奉：官名，属中书省。职责为对皇帝进行讽谏，并推举人员的左右侍从。

③太常：官名，专司祭祀礼乐之官。任昉（fǎng）：梁博昌（治今山东博兴县）人，官累太学博士、新安太守，卒谥敬。

④瘞（yì）：掩埋，埋葬。

⑤商洛：古县名，即今陕西省商州市。

⑥敷水：地名，治今陕西华阴市西。

【译文】

唐朝的郑钦说天性聪慧，精通历术，开元年间官至右补阙内供奉。在梁朝大同四年时，太常任昉在钟山一座墓穴得到一块碑铭，写着：『龟言土，蓍言水，甸服黄钟起灵址，瘗在三上庚，堕遇七中己，六千三百浹辰交，二九重三四百圮。』任昉询问了许多人，都读不明白，因此给子孙留下遗言：『世世代代拿这个碑铭寻访通人，若能解出碑辞，我死也无恨。』任昉五世孙名升之，隐居商洛，把这段文字抄下来请教郑钦说。郑钦说正奉命出差，在长乐驿得到抄件，走到敷水的三十里间，就想明白了，说：『这是选墓地的人惯于下葬时间的隐语，并且预测坟墓损毁的时间。甸服，代表五百（译者注：《书·禹贡》：『五百里甸服。』）；黄钟，代表十二（译者注：黄钟乃十二律之首）。由梁武帝大同四年倒推到后汉光武帝建武四年，共计五百一十二年。下葬日期在三月十日庚寅，所以说三上庚（译者按：三月上旬的庚日）。墓损毁于七月十二日己巳，所以说七中己（译者按：七月中旬的己日）。十二为浹辰，建武四年三月至大同四年七月共六千三百一十二月，每月一交，所以说六千三百浹辰交。二九为十八，重三得六。建武四年三月十日距大同四年七月十二日共为十八万六千四百日，所以说二九重三四百圮。』任升之大惊，叹服郑钦说的超强领悟力。

## 崔庆成独眠孤馆

广州押衙①崔庆成抵皇华驿，夜见美人——盖鬼也——掷书云：『川中狗，百姓眼，马扑儿，御厨饭。』庆成不解，述于丁晋公②。丁解云：『川中狗，蜀犬也；百姓眼，民目也；马扑儿，瓜子也③；御厨饭，官食也。乃「独眠孤馆」四字。』

【注释】

①押衙：亦称『押牙』，唐宋官名，管领仪仗侍卫。

②丁晋公：丁谓，时贬于崖州。

③马扑儿，瓜子也：马扑为掴，掴与瓜音近。儿，子也。

【译文】

广州押衙崔庆成到达皇华驿站，夜里见到一个美人——是鬼变的——扔给他一封信，上面写着：『川中狗，百姓眼，马扑儿，御厨饭。』崔庆成不理解，就对当时贬官崖州的大臣丁谓说了。丁谓解释说：『川中狗是蜀犬，百姓眼是民目，马扑儿是瓜子，御厨饭是官食，是「独眠孤馆」四字。』

## 诗辱相国王安石

荆公①柄国②时，有人题相国寺壁云：『终岁荒芜湖浦焦，贫女戴笠落柘条，阿侬去家京洛遥，惊心寇盗来攻剽。』人皆以为夫出，妇忧乱荒也。及荆公罢相，子瞻召还，诸公饮苏寺中，以此诗问之。苏曰：『于「贫女」句，可以得其人矣③。「终岁」，十二月也，十二月为「青」字。「荒芜」，田有草也，草田为「苗」

字。「湖浦焦」，水去也，水傍去为「法」字。「女戴笠」为「安」字。柘落木为「石」字。「阿依」乃吴言④，合之为「误」字。「去家京洛」为「国」字。「寇盗攻剽」为贼民。盖隐「青苗法安石误国贼民」也！』

【注释】

①荆公：王安石，封荆国公。

②柄国：执掌国政。

③于『贫女』句，可以得其人矣：从『贫女』那一句中可以猜出这诗说的是谁。

④阿依乃吴言：吴地方言，自称为『阿依』，犹言『我』也。因『我矽字常用，故与吴人言，常听其『阿依』『阿依』，遂称吴语为『吴依』。

【译文】

荆公执掌国政时，有人在相国寺墙上写道：『终岁荒芜湖浦焦，贫女戴笠落柘条。阿依去家京洛遥，惊心寇盗来攻剽。』人们都认为写的是丈夫远行而妇人忧愁战乱。等到荆公被罢免丞相，苏子瞻被召还，众人在寺中请苏子瞻喝酒，用此诗问苏。苏子瞻说：『从贫女这句，就能知道是谁了。「终岁」是十二月，十二月是个「青」字；荒芜是田里长草，草田是「苗」字；「湖浦焦」是水去了，水旁加去字是「法」；女戴笠是「安」字；柘落木是「石」字；阿依是吴言，合起来是「误」字；去家京洛是「国」字；寇盗攻剽是「贼（害）民」。所以这首诗隐含着「青苗法安石误国贼民」啊！』

## 谁能辨之赐金钟

后魏孝文①尝宴群臣，举卮②言曰：『三三横，两两纵，谁能辨之赐金钟。』御史中尉李彪③曰：『沽酒老妪瓮注坻，屠儿割肉与秤同。』尚书左丞甄琛④曰：『吴人浮水自云工，技儿掷袖在虚空。』彭城王勰⑤悟曰：『此「习」字也！』孝文即以金钟赐彪。

【注释】

①后魏孝文：南北朝时北魏孝文帝元宏，亦即拓跋宏，471—499年在位。即位时年仅五岁，太皇太后冯氏当国，曾改革吏治，实行三长制和均田制。太和十四年（490年），冯氏死，宏才亲政，又进一步进行深层改革。这些改革对各族人民的融合和各族封建化的进程，都起了积极的推动作用。

②卮（zhī）：古代的一种盛酒器。

③李彪：字道固，后魏卫国（今河南泌阳）人，官累秘书丞、御史中尉、直散骑常侍。

④甄琛：字思伯，后魏中山毋极（今河北无极县）人，官累中散大夫、御史中尉、侍中。

⑤彭城王勰（xié）：元勰，字彦和，北魏献文帝之子，太和九年（485年），封始平王，加侍中征西大将军，后改封彭城（治今当在河南境内）。

【译文】

后魏孝文帝曾宴请群臣，他举起酒杯说：『三三横，两两纵，谁能辨之赐金钟。』御史中尉李彪说：『沽酒老妪瓮注坻，屠儿割肉与秤同。』尚书左丞甄琛说：『吴人浮水自云工，技儿掷袖在虚空。』彭城人王勰领悟道：『这是个「习」字！』孝文帝就把金钟赐给李彪。

## 刘基帮朱元璋解梦

高祖①方欲刑人②，刘伯温③适入，亟语之梦：『以头有血而土傅之，不祥，欲以应之。』公曰：『头上血，「众」字也，傅以土，得众且得土也。应在三日。』上为停三日待之，而海宁降。

【注释】

①高祖：明太祖朱元璋，谥高皇帝。

②刑人：处死人。

③刘伯温：刘基，字伯温，官至御史中丞、太史令，封诚意伯。

【译文】

高祖正要杀人，刘伯温正好进来，高祖急忙告诉刘伯温自己做的梦，说：『因为头上有血，而用土去敷，不祥，想用这个办法来应梦。』刘伯温说：『头上加血是个众字，用土敷上是得众又得土呀。此梦应在三日后。』高祖为此暂停三日等待。三日后海宁就降了。

## 董伽罗巧释梦景

通海节度使段思平①，为杨氏所忌，逃之，剖野核桃，有文曰：『青昔。』思平拆之曰：『青乃十二月，昔乃二十一日，吾当以是日举义。』遂借兵东方。及河，欲渡，思平夜梦人斩其首，又梦玉瓶耳缺，又梦镜破，惧不敢进兵。军师董伽罗曰：『三梦皆吉兆也！公为大夫，「夫」去首为「天」，天子兆也。玉瓶去耳为「王」。镜中有影，如人相敌，镜破影灭，无对矣。』思平乃决，遂逐杨氏而有其国，改号曰大理②。

【梦龙评】《小说》[3]载：秦王梦日落、山崩、海干、花谢。群臣莫能解者。甘罗[4]年十二，进曰：『日落帝星现，山崩地大平，海干龙献宝，花谢子收成。』事虽不经，亦云善对。

【注释】

①通海：郡名，治所在今云南省通海县。段思平：后晋人，世袭为清平官，后回避叛将杨乾真逃亡于外，天福间遂杨氏自立，改国名为大理。

②大理：古国名，段思平于937年所创立，相当于今云南全境、四川西南部等地；段思平的后代曾受宋封为云南节度使、大理王，蒙古宪宗三年，其国被忽必烈所灭，后建云南行省，段氏被任为世袭总管。

③《小说》：书名，南朝梁殷芸所著，也称《殷芸小说》。殷芸，字灌蔬，陈郡长平（今河南西华东北）人。《小说》系芸奉武帝之命，博采故书而成，以时代为次第，首为帝王之事，继以周汉，终于刘宋，为六朝小说中之较繁富者。

④甘罗：战国秦下蔡（今安徽凤台县）人，年十二事秦相吕不韦，后拜为上卿。

【译文】

通海节度使段思平被杨氏忌恨，逃跑了，剖开野核桃，里面有字是『青』。段思平拆解着说：『青是十二月，昔是二十一日，我应在此日起义。』于是他到东方去借兵。兵马到河边正要渡河，段思平夜里梦见有人斩自己的头，又梦见玉瓶缺耳、镜子破碎。段思平心里害怕，不敢进兵。军师董伽罗说：『三个梦都是吉兆。公身为大夫，夫去了头就是天，是做天子的征兆；玉瓶去耳是王；镜中有影如同和人相对抗，镜子破碎，影子消失，没有对手了。』段思平这才决定渡河。因而驱逐了杨氏，得到了国家，改国号为『大理』。

【梦龙评】《小说》记载，秦王有一次梦到太阳陨落，高山崩裂，海水枯干，百花凋谢。群臣无人能解释梦的含意，甘罗这时才十二岁，说：『日落帝星现，山崩地太平，海干龙献宝，花谢子收成。』这事虽然只是无根的传闻，但也是很得体的应对。

## 舌上生毛剃不得

马亮[1]知江陵府，任满当代，梦舌上生毛。僧占曰：『舌上生毛，剃[2]不得，当在任。』果然。

【注释】

①马亮：宋仁宗时知江陵府，有智略，敏于政事，官至工部尚书。

②剃：与『替』谐音。

【译文】

北宋马亮任江陵知府，任期已满等人替代，这时他梦见自己舌头长毛。一个和尚说：『舌上长毛剃不得，知府也就替不得，一定会留任。』果真如此。

## 三刀为州

王濬[1]梦悬三刀于梁上，须臾又益一刀。季毅曰：『三刀为州，又益者，明府其临益州乎？』果迁益州刺史。

【注释】

①王濬：西晋人，初为羊祜参军，荐为巴郡太守，迁益州刺史。伐吴之役，濬治战舰发于成都，乘江而下，烧断吴人横江铁锁，直抵石头城。官至抚军大将军。

【译文】

西晋大将军王濬梦见房梁上悬挂着三把刀，一会儿又增加了一把刀。季毅说：『三刀为州，又增益一刀，也许预示知州升任益州吧？』果然王濬升任益州刺史。

## 吉凶不分

有人父官刺史，得书云『有疾』。是人诣赵辅和馆，别托相知者筮，遇『泰①』。筮者云：『甚吉。』是人出后，辅和语筮者云：『「泰」，乾下坤上②，则父已入土矣，岂得言吉？』果凶问至。

顾士群母病，筮得『归妹』之『随』③，或以为『男女有家』之卦，必无恙。郭璞曰：『「归妹」，女之终也，兑主秋④，至立秋日终矣。』果然。

【注释】

①泰：《易》卦名。

②乾下坤上：泰之卦象为䷊，是乾（☰）在下，坤（☷）在上。《易》云：『泰，小往大来，吉亨。』故前云『甚吉』。而坤为土。土在上，故下文又云『已入土』。

③『归妹』之『随』：归妹，随，均为《易》卦名。《易》有『帝乙归妹』之语，归妹有嫁女之义。

但又说『征凶』。

④归妹，女之终也，兑主秋：《易》有『归妹，人之终始也』句，其象为兑（☱）下震（☳）上。随卦象为震下兑上。

【译文】

北齐时候有个人得到任职刺史的父亲的书信，说身体有病。于是派人到术士赵辅和开设的算卦馆去占卜，他找的是馆中一个熟悉的术士。那个术士卜得泰卦，说：『这是大吉之卦。』算卦人走了，赵辅和对那个术士说：『泰卦是乾下坤上，乾代表父亲，坤是土地，这分明是他父亲已入土了，怎能说是吉卦呢？』不久果然传来丧讯。晋朝顾士群的母亲生病，卜得归妹之随封，有人认为这是表示男女成家的吉卦，他母亲一定没事。郭璞说：『归妹，女之终也。』（译者按：这是《易·杂卦》中的原话）归妹卦是兑下震上，兑主秋，到立秋日就要病终了。后来果如其言。

## 各有见解

成化甲午，江西乡试。揭晓之期，泰和尹公值在京，命卜者占弟嘉言中否，得『明夷』卦①，内离外坤，三爻五爻发，三爻皆兄弟。占者以书云『兄弟雷同难上榜』，嗫嚅不敢对。公曰：『三为白虎，五为青龙，龙虎榜动，有中之兆。兄弟发者，以兄问弟，弟当动而来矣。』不数日，喜报果至。

有父占子病者，卦得『父母当头克子孙』凶象，而子孙爻又不上卦。占者断其必死。父泣而归，途遇一友，问得其故，友曰：『父母当头克子孙，使子孙上卦，则受克矣。今之生机，全在不上卦。譬如父持大杖欲击子，不相值②则已耳。郎君必无恙！』未几果愈。

【注释】

①『明夷』卦：卦名，《周易》中六十四卦之一。卦形为坤上离下。

②相值：犹言相遇。此处指『大杖』不挨『子身』，意为没打着。

【译文】

成化甲午年，江西举行乡试。揭晓的日子，泰和人尹公值在京师，让占卦人占卜自己的弟弟嘉言考中没有，得个『明夷』卦，内离外坤，三爻五爻发动，二爻都是兄弟，占卦的人把它写下是：『兄弟雷同难上榜。』支支吾吾不敢回答。尹公值说：『三是白虎，五是青龙，龙虎榜动，是考中的征兆。兄弟发动，哥哥问弟弟，弟弟该动而来。』没过几天，喜报果然到了。

有个父亲为儿子的病占卦，占得的是父母当头克子孙的凶象，可子孙多又不上卦。占卦的人断定他儿子必死，父亲哭泣而回。路上遇见一个朋友，问清他哭泣的原因，朋友说：『父母当头克子利，如子孙上卦，那就受到凌犯了。现在的生机都在不上卦。比如父亲拿大木杖要打儿子，没打上就住手了，郎君一定没病。』不久果然痊愈了。

# 辩才卷十九

【导读】

本卷收集了古代能言善辩之士排忧解难的故事。归纳其言辩之术，大致有三。一曰晓以利害。如子贡说太宰嚭释放卫侯，劝说齐常放弃对鲁国的进攻；虞卿以长久之利弊反对楼缓献土地于秦的主张；苏代以三言两语不仅使韩国不再向西周征粟，而且将高都送给西周；左师触龙以子孙长久计劝赵太后以长安君为质；朱建游说闳孺而救陆贾；张嘉言以利害压服兵变，都是以眼前利害或长远之计说服对方。一曰文以大义。如子贡以义使吴王答应不让越国随征；鲁仲连以礼义挫败帝秦之说；庸芮以有知无知之说使秦室太后放弃以宠臣魏丑夫陪葬的打算；狄仁杰以社稷宗庙使武后放弃立侄为嗣；富弼见契丹，以先放弃土地要求为前提谈判论理，皆能在适当时机抓住对方心理，以大义使其诚服。三曰抓住对方言语漏洞，以子之矛攻子之盾。如明代的王维以凤凰、麒麟皆古书所载而实有反驳中官物载诸书何以谓天之说，使其放弃对石胆的勒索。另外如陈轸以楚人两妻故事作比消除秦王对他的怀疑，三国时蜀国秦宓巧妙地回答吴国使者一些怪诞问题，皆机智善辩。

【原文】

侨童有辞，郑国赖焉①；聊城一矢，名高鲁连②。排难解纷，辩哉仙仙③。百尔君子④，毋易繇言⑤。集《辩才》。

【注释】

①侨童有辞，郑国赖焉：侨童，郑子产，名侨。鲁襄公三十一年（前542年），子产奉郑简公朝晋。馆舍低矮，门狭不能客车，子产命坏其培以纳车马。晋卿士均责之。子产以雄辩反诘晋国之无礼。晋无可奈何，厚待郑简公而归之。晋叔向闻子产之言，曰：『辞之不可以已也如是夫子产有辞，诸侯赖之。』

②聊城一矢，名高鲁连：战国末年，齐将田单攻聊城，燕将守之，岁余不下，士卒多死。鲁仲连乃为书，

以矢射入聊城，与燕将反复陈述利害（时燕将受谗，不敢归燕）。燕将见书泣三日乃自杀。田单遂破聊城。归而言鲁连之功，欲爵之。鲁连逃隐于海上，曰：『吾与其富贵而屈于人，宁可贫贱而肆志。』

③排难解纷，辩者仙仙：《说苑》子贡曰：『两垒相当，旌旗相望，我愿陈说白刃之间，解两国之患。』孔子曰：『辩哉士乎，仙仙者乎。』仙仙，有从容优游之意。

④百尔君子：语出《诗·邶风·雄雉》。意谓众位君子。

⑤毋易繇言：繇通『谣』，此处谣言指谚语、成语。毋易，不要轻视。

【译文】

子产言辞辩驳，郑国仰赖于他；鲁仲连以一封绑在箭上的信说服燕军退兵，以此享名千载。排解各种疑难纷争，雄辩之士的口才就能得到发挥。各位仁人君子啊，不要轻视言辞的力量。这一卷讲的都是靠口才论辩达到目的的故事，名为《辩才》。

## 庸芮谏太后陪葬

秦宣太后爱魏丑夫①。太后病将死，出令曰：『为我葬，必以魏子为殉！』魏子患之。庸芮②为魏子说太后曰：『以死者为有知乎？』太后曰：『无知也。』曰：『若太后之神灵③明知死者之无知矣，何为空以生所爱葬于无知之死人哉？若死者有知，先王④积怒之日久矣，太后救过不赡⑤，何暇乃私⑥魏丑夫乎？』太后曰：『善！』乃止。

【注释】

①秦宣太后：战国时秦惠文王的妻子，秦昭襄王的母亲。魏丑夫：战国时期秦国的大夫，秦宣太后的宠臣。下文『魏子』为其爱称。

②庸芮（ruì）：战国时期秦国的谋士。

③神灵：祖宗英灵。

④先王：秦惠文王，公元前337—前311年在位。

⑤救过不赡（shàn）：挽救过失还不够。赡：足够。

⑥私：偏爱。

【译文】

秦宣太后宠爱魏丑夫。太后病重将死，发出命令说：『给我下葬，必须用魏子殉葬！』魏丑夫非常忧虑这件事。庸芮为魏丑夫劝说太后道：『您认为死人有知觉吗？』太后说：『没有知觉。』庸芮说：『像太后这样聪明的人明明知道死人没有知觉，为什么白白地把您在世时喜欢的人葬在没有知觉的死人旁边呢？如果死人有知觉，那先王积怒的日子太久了，太后补过还来不及，哪有工夫和魏丑夫相好呢？』太后说：『对！』于是此事就停止了。

## 狄仁杰谏武后立侄

武承嗣、三思营求为太子①。狄仁杰从容言于太后曰：『姑侄与母子孰亲？陛下立子，则千秋万岁后，配食太庙；若立侄，则未闻侄为天子，而祔[2]姑于庙者也。』太后乃寤。

【梦龙评】议论到十分醒快处，虽欲不从而不可得。庐陵反正[3]，虽因鹦鹉折翼及双陆不胜之梦[4]，实姑侄子母之说有以动之。凡恋生前，未有不计死后者。

时王方庆[5]居相位，以其子为眉州[6]司士参军。天后问曰：『君在相位，子何远乎？』对曰：『庐陵是陛下爱子，今犹在远；臣之子，安敢相近？』此亦可谓善讽矣。然慈主可以情动，明主当以理格，则天明而不慈，故梁公辱昌宗而不怒，进张柬之而不疑[7]，皆因其明而用之。

【注释】

①武承嗣、三思：武则天之侄。

②祔：把死者的灵位附祭于太庙。

③庐陵反正：指唐中宗复位。庐陵，即唐中宗李显，又名李哲，683—684年、705—710年在位。唐高宗第七子，武则天生。

④鹦鹉折翼及双陆不胜之梦：后来，武后又对狄仁杰说：『朕梦见一只大鹦鹉的两翼都给折断了，爱卿你看这是什么意思？』狄仁杰答道：『武者，是陛下的尊姓；两翼，是陛下的两个儿子。陛下如能起用这两个儿子，则两翼便振作起来了。』太后这才打消了立武承嗣、武三思为太子的想法。

⑤王方庆：名琳，字方庆，唐雍州咸阳（今属陕西省）人，年十六，起家为越王府参军。武后临朝，擢广州都督，严治属吏，为政清肃；继任鸾台侍郎，同平章事（宰相）；后以老疾乞闲职，授麟台监，修国史。

⑥眉州：旧州名，今四川眉山、青神等地。

⑦进张柬之而不疑：唐则天皇后久视元年（700年），武则天鉴于狄仁杰多次提出因自己年老多病，批准了他退休的请求，并且请他推荐宰相的人选。狄仁杰推荐了荆州长史张柬之，武则天于是提拔张柬之为洛州司马。过了几日，武则天又要狄仁杰推荐人才。狄仁杰说，他推荐的张柬之大材小用了，武则天于是又任命张柬之为秋官侍郎，过了好长一段时间，才提拔张为宰相。而这个张柬之正是后来拥立唐中宗复位的功臣！

【译文】

武则天的侄子武承嗣、武三思谋求做太子。狄仁杰从容地对太后说：『姑侄和母子哪一个亲？陛下立自己的儿子做太子，那么千秋万岁以后，可以配食在祖庙；如果立侄子做太子，那我没听说过侄子是天子，而附祭姑姑在祖庙的。』太后才醒悟了。

【梦龙评】狄仁杰的这番话，真是一针见血，说到武后心中痛处，武后想不听从都不行。庐陵王李显被武则天从房州迎回宫中，虽然与她梦到鹦鹉折断翅膀以及多次梦到玩双陆不胜有关，但实际上却是被狄仁杰这番姑侄、母子的劝诫所打动。凡是生前贪恋荣誉的人，很少不在意死后的尊荣。

当年王方庆位居宰相时，将自己的儿子任命为眉州司事参军。武后曾询问他：『君在相位，为何把自己的儿子派赴遥远的地方呢？』王方庆回答：『庐陵是陛下的爱子，尚且远在异州，臣的儿子怎敢安置在近处呢？』这也可以说是善意的讽谏。然而，有慈悲心的君王，大臣进谏可以动之以情；明事理的君王，大臣进谏可以说之以理。武则天明理而不慈悲，所以狄仁杰虽曾以言辞侮辱张昌宗，而不会因此激怒武后，举用张柬之而不被武后疑心不忠，这都是针对武后明理的一面来劝谏。

## 守仁以信安贵荣

土官①安贵荣，累世骄蹇，以从征香炉山②，加贵州布政司参政，犹怏怏薄之③，乃奏乞减龙场诸驿，以偿其功④。事下督府⑤勘议。时兵部主事王守仁以建言谪龙场驿丞⑥，贵荣甚敬礼之。守仁贻书贵荣，略曰：『凡朝廷制度，定自祖宗，后世守之，不敢擅改。改在朝廷，且谓变乱，况诸侯乎？纵朝廷不见罪，有司者将执法以绳之。即幸免一时，或五六年，或七八年，虽远至二三十年矣。当事者犹得持典章而议其后。若是，则使君何利焉？使君之先，自汉、唐以来千几百年，土地人民，未之或改。所以长久若此者，以能世守天子礼法，竭忠尽力，不敢分寸有所违越，故天子亦不得无故而加诸忠良之臣。不然，使君之土地人民，富且盛矣，朝廷悉取而郡县之，谁云不可？夫驿可减也，亦可增也；驿可改也，宣慰司⑦亦可革也，由此言之，殆甚有害，使君其未之思耶？所云奏功升职，意亦如此。夫划除寇盗，以抚绥平良，亦守土常职，今缕举以要赏，则朝廷平日之恩宠禄位，顾将何为？使君为参政，已非设官之旧，今又干进不已，是无抵极也，众必不堪。夫宣慰，守土之官，故得以世有其土地人民。若参政，则流官⑧矣，东西南北，唯天子所使。朝廷下方尺之檄，委使君以一职，或闽或蜀，弗行，则方命⑨之诛不旋踵而至。若捧檄从事，千百年之土地人民，非复使君有矣。由此言之，虽今日之参政，使君将恐辞之不速，又可求进乎？』后驿竟不减。

**【梦龙评】**此书土官宜写一通置座右。

【注释】

①土官：土司。

②从征香炉山：香炉山在贵州省炉山县东南，四面陡绝，明正统间苗民起义据此，为总督王骥镇压。天顺中，再次起义，为巡抚邹文盛镇压。安贵荣参与了对苗民起义的镇压。

③薄之：以所赏之官为薄。明时布政司左，右参政为四品。

④乞减龙场诸驿，以偿其功：明时于少数民族地区置驿，地属朝廷，取消驿站，即将其地交由土司管辖。龙场驿，在今贵州省修文县。

⑤督府：云贵总督府。

⑥以建言谪龙场驿丞：明武宗正德元年，王守仁因上疏营救戴铣，受廷杖，谪为龙场驿丞。

⑦宣慰司：明时所设之土官。

⑧流官：与『土官』相对而言，土官为少数民族地区世袭本土之官，流官则为在少数民族地区以任命而担任的官职，有任。

⑨方命：违抗旨命。

【译文】

土官安贵荣世代骄横专权。他曾以从征香炉山之功，加任贵州布政司参政。他还闷闷不乐，声言官职太小，赏赐太薄。于是便奏请削减龙场诸驿，以补偿其功，朝廷把此事批在督府审案商议。时任兵部主事的王守仁，因建言忤旨被谪为龙场驿丞，安贵荣对他十分恭敬礼貌。守仁得知此事，给贵荣写信说道：『大凡朝廷制度，都是祖宗制定，后世施行，不敢私自更改。如果朝廷稍有改动，都会被说成变乱，更何况诸侯？即使朝廷不罪责，有关部门也要依法处治。即使一时幸免，或五六年，或八九年，甚至远到二三十年以后，当事者一经发现，还要手持典章，议其后。这样一来，使君还有何利益可言？使君的祖先从汉唐以来，已有一千多年，土地民众，从未变动，其所以长久如此，就是因为能世代遵守天子礼法，竭忠尽力，不敢丝毫有所违背之故。因此天子也就不能对忠良之臣随意加罪。否则的话，如果让使君的土地百姓，既富又盛，恐怕朝廷早已都全部夺取，变成郡县之地了，谁还能说半个不字，驿站可减，也可增加，驿站可以改变，宣慰司也可革除的。由此可知，恐怕危害很大，使臣只是没有深思而已，所说报功升官之事，意思也是如此。大凡铲除盗寇，安抚平民，这只不过是守土者的平常职责而已。如今却以小小之举，邀功领赏，那么朝廷平时对您的恩宠禄位，都将作何用场？使君的参政之职，已不属原有设官，如今又追求不止，将来势必欲壑难填，民众必不堪命。宣慰司原为守土之官，因此可以世代有其土地百姓。而参政之职却属流官，东西南北，仅听天子调遣。朝廷要颁下一纸方尺檄文，委任使君一职，或是福建，或是四川，如拒绝赴任即行杀戮，瞬息而至。如奉旨赴任，则千百年的土地人民，就不再为使君所有。由此可知，即使今天的参政之职，犹恐使君辞之不及，还能再去追求别的官职吗？』后来龙场诸驿终未削减。

**【梦龙评】**这封书信土官应照抄一遍，作为座右铭。

## 张嘉言婉言服士卒

张公嘉言司理①广州时，边海设有总兵、参、游②等官，幕下各数千防兵，每日工食三分。然参、游兵每岁涉远出汛，而总兵官所辖兵，皆借口坐镇不远行。每三年五年修船，其参、游部下兵，止给每日工食之半。即非修船，而仅不出汛也，亦减工食每日三分之一，俱贮为修船之用。独总兵官部下兵毫无所减，当修船时，另凑处于民间。积习已久，彼此皆视为固然。忽巡道申详军门③，欲将总兵官所辖兵，以后稍裁其工食，留备修船之用。军门适与总兵有隙，乃仓卒允行。各兵哄然而哗，知张公为院道④耳目，直逼其堂。张公意色安闲，命呼知事者五六人登阶述其故。众兵俱拥而前，即叱下堂，曰：『人言嚣乱，殊不便听。』众兵乃下。时天雨甚，兵衣尽湿，张公亦不顾，但令此六人者好言之。六人哓哓⑤，称旧无减例。张公曰：『我亦与闻，汝等全不出汛，却难怪上人也。汝欲不减亦使得。虽然，亦非汝之利也。上司自今使汝等与参、游兵每岁更迭出汛，汝宁得不往乎？若往，则汝等且称参、游兵，工食减半矣。汝所争而存者，非汝所能享，而参、游兵之来代者所得也。何不听其稍减，而汝等犹得岁岁称大将军兵乎？汝等试思之！』此六人俯首不能对，唯曰：『愿爷爷转达宽恤⑥。』张公曰：『汝等姓名为谁？』各相顾不肯言。张公骂曰：『汝等不言姓名，上司问我「谁来禀汝」，何以对之？不妨说来，自有处也。』乃始各言姓名而记之。张公曰：『汝等传语诸人：此事自当有处，甚无哗！诸人而哗，汝之六人者各有姓名，上司皆斩汝首矣！』六人失色，唯唯而退。后议诸兵每月减银一钱，兵竟无哗者。

**【梦龙评】**说得道理透彻，利害分明，不觉气平而心顺矣。凡以减省激变者，皆不善处分⑦之过。

【注释】

①司理：官名，司理参军的简称，设置于诸州，掌狱讼。

②总兵：武官名，明总兵官本为差遣的名称，参：参将，武官名，为明代镇守边区的统兵官。游：游击，

武官名，明代于边区设守军，设游击将军。

③军门：官名，明代指总督、巡抚为军门。

④院道：朝廷。道，古代行政区划名，唐曾于全国分为十道。张嘉言时为司理参军，为朝廷命官，故言。

⑤哓哓（xiāo xiāo）：由于害怕而乱叫乱嚷的声音。

⑥宽恤（xù）：宽待体谅。

⑦处分：处理。

【译文】

张嘉言做广州司理时，边海设立有总兵、参将、游击等官，各幕府都有几千名防兵，每天工钱三分银子。可是，参将、游击的防兵每年都出外到远方巡逻，但总兵官管辖的防兵，都借口留下镇守不到远方巡行。每三年、五年修一次船，参将、游击部下的防兵，只给每天工钱的一半。即使不修船，只要不出外巡逻，也减掉当天工钱的三分之一，都存起来做修船用。只有总兵官部下的防兵一丝一毫也不减，需要修船时，另外从民间征收。时间长久成为习惯，彼此都认为是理所当然的。忽然，掌管刑名事务的巡道详细报告军门，要把总兵官管辖的防兵，以后稍微裁减他们的工钱，留作准备修船时使用，军门正好和总兵不和，就迅速同意实行。防兵们乱哄哄吵闹起来，知道张嘉言是院道的耳目，防兵们一直逼近大堂。张嘉言神态安闲，命人叫五六个知道此事的人走到堂上述说原委。众防兵一拥上前，张嘉言呵斥他们下堂，说：『你们说话喧哗杂乱，听起来不便听清。』众防兵于是下堂。这时天下大雨，防兵衣服都湿了，张嘉言也不管，只是令这六个人好好地说话。六个人唠唠叨叨地说过去就没有削减的先例。张嘉言说：『我也听说了，你们这些人都不出外巡逻，就难怪罪上面的人。你们要想不减也行。就算这样，也不是你们的好处。上司从今让你们和参将、游击的防兵每年轮流出外巡逻，你们难道能不去吗？如果去，人们就和参将、游击的防兵一样，工钱减半了，你们所争取得来的，不是你们独享的，而是参将、游击的防兵来代替你们的人享受的。为什么不能好好听命扣减津贴，而代以不外出服役，安安稳稳做总督的部属呢？你们好好地想一想！』这六个人低着头不能回答，只说：『希望张公转达上司，多加宽容体贴。』张嘉言说：『你们的名字叫什么？』每个人互相看看不愿意报姓名。张嘉言骂道：『你们不说姓名，上司问我「谁来向你禀告的」，我怎么回答？你们不妨说出来，我自有处理办法。』于是每人报告姓名并记下。张嘉言说：『你们传话给众人，这事自当有处理办法，不可吵闹！众人如果吵闹，你们这六个人的姓名都记下了，上司要砍你们的头的！』六个人吓得脸变了色，答应着退了出去。后来议决所有防兵每月减去一钱银子，防兵们竟没有吵闹的。

**【梦龙评】**话说得道理清晰，利害分明，士兵们听了不觉心平气顺。凡因削减报酬而引发的动乱，都是处理不当造成的。

## 王维巧言驳宦官

弘治时，有希进用者上章，谓山西紫碧山产有石胆①，可以益寿。遣中官经年采取，不获，民咸告病。按察使王维（祥符人）令采小石子类此者一升，以示中官。中官怒，曰：『此搪塞耳！其物载诸书中，何以谓无？』公曰：『凤凰、麒麟，皆古书所载，今果有乎？』

【注释】

[1]石胆：矿物名，亦称胆矾，据《本草》说，它除了可治病外，『炼饵服之，不老，久服增寿』。

【译文】

弘治年间，有个希望被选拔任用的人上奏章，说山西紫碧山出产石胆，服了可以增寿。皇上派宦官寻找一年，也没找到，老百姓都说有病请求退出。按察使王维，命人采集了一升像石胆的小石子，把它送给宦官看，宦官发怒道：『这是敷衍了事！那东西记载在书里，怎能说没有？』王维说：『凤凰、麒麟，都是古书中记载的，现在果真有吗？』

## 秦宓巧辩张温

吴使张温[1]聘蜀，百官皆集，秦宓[2]（字子敕）独后至。温顾孔明曰：『彼何人也？』曰：『学士秦宓。』温因问曰：『君学乎？』宓曰：『蜀中五尺童子皆学，何必我！』温乃问曰：『天有头乎？』曰：『有之。』曰：『在何方？』曰：『在西方。《诗》云：「乃眷西顾[3]」。』温又问：『天有耳乎？』曰：『有。天处高而听卑。《诗》云：「鹤鸣九皋，声闻于天」[4]。』曰：『天有足乎？』宓曰：『有。《诗》云：「天步艰难」[5]。非足何步？』曰：『天有姓乎？』宓曰：『有姓。』曰：『何姓？』宓曰：『姓刘。』曰：『何以知之？』宓曰：『以天子姓刘知之。』温曰：『日生于东乎？』宓曰：『虽生于东，实没于西。』时应答如响，一坐惊服。

【梦龙评】其应如响，能占上风，故特录之。他止口给者，概无取。

【注释】

①张温：三多耐吴人，累官太子太傅。使蜀归，称蜀政美，为孙权所衔恨，终罢其官。

②秦宓：蜀人，为诸葛亮用为别驾中郎，后官至大司农。

③乃眷西顾：见《诗·大雅·皇矣》。诗中有『皇矣上帝，临下有赫，监观四方，求民之莫』『乃眷西顾』等句。

④鹤鸣九皋，声闻于天：见《诗·小雅，鹤鸣》，原句作『鹤鸣于九皋，声闻于天』。

⑤天步艰难：见《诗·小雅，白华》。

【译文】

吴国使者张温出使蜀国，百官都聚集在一起，只有秦宓后到。张温转头问孔明道：『他是谁啊？』孔明答：『学士秦宓。』张温借机问道：『您学过《诗》《书》吗？』秦宓答：『蜀国五尺小孩儿都学，何况我？』张温就问道：『天有头吗？』答道：『有头。』问：『在什么地方？』答：『在西方。《诗》说：「乃眷西顾。」』张温又问：『天有耳朵吗？』答：『有。天在高处却能听到低处的声音。《诗》说：「鹤鸣九皋，声闻于天。」』问：『天有脚吗？』秦宓答：『有。《诗》说：「天步艰难。」没有脚怎么走呢？』问：『天有姓吗？』秦宓答：『有姓。』问：『姓什么？』秦宓答：『姓刘。』问：『怎么能知道呢？』秦宓答：『根据天子姓刘知道的。』张温问：『太阳从东方升起吗？』秦宓答：『太阳虽从东方升起，实际上没在西方。』秦宓对答如流，满座的人既惊讶又佩服。

【梦龙评】因秦宓的对答如流，而且句句占上风，所以特别选录在这里。其他的仅仅是善于巧辩，就不值得记下来了。

# 善言卷二十

【导读】

本卷收集了古人善于言谈的故事。言近旨远、旁敲侧击者，如孔子贺陈侯建凌阳台而使其赦免所抓的官吏，晏子假称不知古代明圣君主肢解人从何处始使齐王悟到滥杀非仁义之道，晏子数说杀齐景公之马的圉人的罪过使景公体会到仁之重要，敬新磨列举挡马而谏之中牟令的罪过使后唐庄宗赦免县令，皆善于劝谏。有时候不能以理服人，但能以情动之，如李忠臣以『京杲诸父兄弟俱战死，独京杲至今日尚存，故臣以为久当死』使皇上动恻隐之心而免辛京杲之死罪；东方朔教乳母屡顾帝而以『帝今已长，岂复赖汝乳哺活耶』使皇帝凄然，免了乳母之罪；明代的解缙借题『虎顾从彪图』打动明成祖父子之心而迎回太子，皆能看准机会或创造时机，以言语动人之情而得以成事。有时一言可以免祸，如李晟以『晟将一军，受指纵而已』将隐藏的祸患踢给对方，谢庄以『借为陛下杜邮之赐』为自己洗清罪责。有时一言不当可以贾祸，如宋代的苏辙就为有『实天下奇才』之语的奏文没有进呈皇帝，苏轼才得以免祸而感到侥幸。另外如裴楷巧解『一』字而使帝悦，朱熹解梦而释廖德明题，总之，或善巧辩，或明事理，都能『谈笑解围』。

【原文】

唯口有枢①，智则善转。孟不云乎，言近指远。组以精神，出之密微。不烦寸铁，谈笑解围。集《善言》。

【注释】

①枢：门枢。口中有舌，善言者其舌转动如枢之灵，故有『舌枢』之说。

【译文】

嘴巴中有转轴，要靠智慧转动。浅显的词句，常常有深远的含义，用心运用，注意变化，就能在谈笑之间化解危机。所以，辑有《善言》一卷。

## 孔子抵陈谏惠公

陈侯起凌阳之台，未终，而坐法死者数人。又执三监吏①，群臣莫敢谏者。孔子适陈，见陈侯，与登台而观之。孔子前贺曰：『美哉，台乎！贤哉主也！自古圣人之为台，焉有不戮一人而能致功若此者！』陈侯嘿然，使人赦所执吏。

【注释】

①监吏：监工之官吏。

【译文】

春秋时陈侯建造凌阳台，还没有完工，就杀了好几个人，又收押了三个监工，大臣们都不敢进谏劝阻。孔子来到陈国拜见陈侯，和陈侯一起登台观景。孔子上前贺道：『美妙的高台啊！贤能的君主！自古以来，即使圣人修建楼台，也从没有不杀一人就能建成这样规模的！』陈侯没说什么，命人放了那三个监工。

## 善者平息秦王怒

秦王与中期[1]争论不胜。秦王大怒，中期徐行而去。或为中期说秦王曰：『悍人[2]耳！中期适遇明君故也。向者遇桀纣，必杀之矣！』秦王因不罪。

【注释】

①中期：战国时秦之辩士。

②悍人：刚强执拗的人。

【译文】

秦王与中期发生争执，秦王辩不过中期，非常生气，中期却神态从容地离去。有人怕中期因此得罪秦王，故意在秦王面前说：『中期真是蛮不讲理，幸好他有大王这样贤明的君王。假如在从前桀纣时代，恐怕早就砍头了。』秦王听了，就打消惩罚中期的念头。

## 东方朔巧救奶妈

武帝[1]乳母，尝于外犯事。帝欲申宪[2]。乳母求东方朔，朔曰：『此非唇舌所争。尔必望济者，将去时，但当屡顾帝，慎勿言！此或可万一冀耳。』乳母既至，朔亦侍侧，因谓之曰：『汝痴耳！帝今已长，岂复赖汝乳哺活耶？』帝凄然，即赦免罪。

【注释】

①武帝：汉武帝刘彻。

②申宪：申明法律。意即依法处理。

【译文】

汉武帝的奶妈在宫外犯法，武帝想按律论罪以明法纪，奶妈向东方朔求救。东方朔说：『这件事不是可以用讲道理的办法解决的。你如果真的想免罪，只有在你向皇上辞别时，只须频频回头看皇上，千万不要说话。这或许还有一点希望。』奶妈在向武帝辞别时，东方朔在旁边，对奶妈说：『你不要痴心妄想了，现在皇上已经长大了，你以为皇上仍靠你的奶水而活吗？』武帝听了，心中凄楚，立即下命赦免奶妈的罪。

## 简雍智谏刘备

先主[①]时天旱，禁私酿。吏于人家索得酿具，欲论罚。简雍[②]与先主游，见男女行道，谓先主曰：『彼欲行淫，何以不缚？』先主曰：『何以知之？』对曰：『彼有其具！』先主大笑而止。

【注释】

①先主：蜀先主昭烈帝刘备。

②简雍：涿郡，少与刘备相善，从至荆州，为从事中郎。入川后拜昭德将军。性简傲跌狭宕，滑稽讽谏，为刘备所亲重。

【译文】

先主时有一年天大旱，禁止私人酿酒，官吏从百姓家中搜出酿造的工具，要论罪惩罚。简雍和先主游玩，看见一男一女在路上走，对先主说：『他们要做淫乱的事，为什么不捆起来？』先主说：『你怎么知道呢？』简雍回答道：『他们有那种工具！』先主大笑起来，停止了搜查酿具。

## 魏征谏帝拆楼台

文德皇后①即葬。太宗即苑中作层观②，以望昭陵③，引魏征同升。征熟视曰：『臣眊昏，不能见。』帝指示之。征曰：『此昭陵耶？』帝曰：『然。』征曰：『臣以为陛下望献陵④；若昭陵，则臣固见之矣。』帝泣，为之毁观。

【注释】

①文德皇后：唐太宗长孙皇后，她的谥号是文德。

②层观：高达数层的楼观。

③昭陵：唐太宗陵寝。时太宗虽在，陵墓已修成，长孙皇后先葬于此。

④献陵：唐高祖李渊的陵墓。

【译文】

唐太宗的皇后长孙氏，三十六岁去世，谥文德皇后，已经安葬在昭陵。唐太宗就在苑中建高达数层的楼观，用来观望昭陵。太宗领着魏征一同登上楼观。魏征仔细看看说：『我老眼昏花，看不见。』太宗指给他看。魏征说：『这是昭陵吧？』太宗说：『是啊。』魏征说：『我以为陛下观望高祖的献陵呢，如果是昭陵，那我早就看到了。』太宗哭起来，为此下令拆毁楼观。

## 吴瑾巧谏英宗

石亨矜功夺门功。恃宠①。一日上②登翔凤楼，见亨新第极伟丽，顾问恭顺侯吴瑾③、抚宁伯朱永曰：『此何人居？』永谢不知，瑾曰：『此必王府。』上笑曰：『非也。』瑾顿首曰：『非王府，谁敢僭妄如此！』上不应，始疑亨。

【注释】

①石亨矜功恃宠：见卷四『李贤』条注。

②上：明英宗朱祁镇。

③吴瑾：蒙古人，其祖铭把都帖木儿，永乐中降明，赐姓名为吴允诚。从成祖征本雅失望，封恭顺伯，子克忠袭封，进位为侯。吴瑾为克忠子，天顺五年曹钦反，瑾力战而死。

【译文】

石亨依仗夺门的功劳受到宠信。一天皇帝登上翔凤楼，看到石亨新建的府第极其宏伟华丽，就回头问恭顺侯吴瑾、抚宁伯朱永说：『这是谁的居处？』朱永辞谢说不知道，吴瑾说：『这肯定是王府。』皇帝笑着说：『不是。』吴瑾叩头说：『不是王府，谁敢这样僭越狂妄？』皇帝没作声，心中开始疑心石亨。

## 谷那律谏帝出猎

高宗出猎遇雨，问谷那律[①]曰：『油衣[②]若为不漏？』对曰：『以瓦为之则不漏。』上因此不复出猎。

【注释】

①谷那律：唐代昌乐（在今山东省）人，学识渊博，贞观中累迁谏议大夫，兼弘文馆学士卒。

②油衣：涂有桐油用以防雨的外衣。

【译文】

唐高宗出外打猎遇到下雨，问大臣谷那律道：『油衣用什么制作才不漏雨？』谷那律回答说：『用瓦来做（意谓不出屋舍）就不漏雨。』皇帝从此不再外出打猎。

## 裴度谏帝驾东都

裴度为相时，宪宗将幸东都，大臣切谏，不纳。度从容言：『国家建别都，本备巡幸。但自艰难以来[①]，宫阙署屯[②]，百目之区，荒圮弗治。必假岁月完新，然后可行。仓卒无备，有司且得罪。』帝悦曰：『群臣谏朕不及此。如卿言，诚有未便，安用往耶？』因止不行。

【注释】

①艰难以来：指安史之乱以来。

②宫阙署屯：皇宫、官署和军营。

【译文】

裴度做宰相时，唐宪宗将要到东都巡幸，大臣们竭力劝阻，宪宗不听。裴度从容地说：『国家建立别都，原本就是预备巡幸用。自安史作乱以来，皇宫、官署、军营，各类名目的处所，荒野断壁没有整理，需要一定的时间修整一新，然后才可以去。匆忙去巡幸，当地无准备，有关官员将要被治罪。』皇帝愉快地说：『群臣劝谏都没有谈到这一点。像卿所说，确有不方便的地方，怎能前去呢？』因此作罢不去了。

## 李纲机智荐张所

李纲欲用张所，然所尝论宰相黄潜善，纲颇难之。一日遇潜善，款语①曰：『今当艰难之秋，负天下重责，而四方士大夫，号召未有来者。前议置河北宣抚司②，独一张所可用，又以狂妄有言得罪，如所之罪，孰谓不宜？第今日势迫，不得不试用之。如用以为台谏③，处要地，则不可；使之借官为招抚④，冒死立功以赎过，似无嫌。』潜善欣然许之。

【注释】

①款语：亲切、真诚的谈话。

②宣抚司：官署名，唐朝开始设置。唐贞元八年，以河北、河南等处水灾，遣宣抚使以赈给灾荒，均平赋役，疏决囚狱，惩肃官吏。

③台谏：官署名，御史台和谏院的合称。

④招抚：官名，宋置掌招抚讨代事宜，开始设置为镇压农民起义，北宋末年，在对金战争中，有时在

金统治区设置招抚使，负责收复失地。张所后任河北西路招抚使，职位比宣抚使低。

【译文】

李纲想重用张所，但是他曾上书弹劾宰相黄潜善，李纲非常为难，一天他遇见黄潜善，诚恳和气地说：『如今是艰难的时期，我们身负天下的重大责任，各地的士大夫，任你号召没有愿意来的，以前商议设立河北宣抚司，只有一个张所可以用，又因说话狂妄得罪了你，如果张所没这罪过，谁会说他不合适呢？只是如今被形势所迫，不能不试着用用他。如果让他做台谏，处在重要位置，那是不行的；让他借官做招抚，冒死立功来赎罪，似乎没有什么不好。』黄潜善非常高兴地同意了。

## 子由解释张恕书

《元城先生语录》云：东坡[①]下御史狱，张安道致仕[②]在南京[③]，上书救之，欲附南京递进，府官不敢受，乃令其子恕至登闻鼓[④]院投进。恕徘徊不敢投。久之，东坡出狱。其后东坡见其副本，因吐舌色动。人问其故，东坡不答。后子由[⑤]见之，曰：『宜吾兄之吐舌也，此事正得张恕力！』仆[⑥]曰：『何谓也？』子由曰：『独不见郑昌之救盖宽饶[⑦]乎？疏云：「上无许、史[⑧]之属，下无金、张[⑨]之托」，此语正是激宣帝之怒耳。且宽饶何罪？正以犯许、史罪得祸。今再讦之，是益其怒也。今东坡亦无罪，独以名太高，与朝廷争胜耳。安道之疏乃云「实天下之奇才」，独不激人主之怒乎？』仆曰：『然则尔时救东坡者，宜为何说？』子由曰：『但言本朝未尝杀士大夫，今乃是陛下开端，后世子孙必援陛下以为例。神宗好名而畏义，疑可以止之。』

**【梦龙评】**此条正堪与李纲荐张所于黄潜善语参看。

【注释】

①东坡：苏轼，苏轼号东坡居士。

②致仕：古代指官员退休在家。

③南京：指北宋南京应天府，在今河南商丘南。

④登闻鼓：悬鼓于公堂外面，凡百姓有谏言或者冤情，可以击鼓陈情。

⑤子由：苏轼的弟弟苏辙字子由。

⑥仆：此处指《元城先生语录》的作者刘安世。

⑦盖宽饶：西汉人，字次公，为人刚正，但因喜讽刺，得罪了当朝权贵。

⑧许、史：许指许伯，宣帝皇后的父亲；史指史高，宣帝的外戚。

⑨金、张：金指金日磾，张指张安世，两人都是西汉重臣。

【译文】

《元城先生语录》记载：苏东坡被捕下狱，张安道正致仕在南京家居，想上书救苏东坡，本想从南京就近呈递，可是本地官员不敢受理，于是张安道就命儿子张恕到专门告状的登闻鼓院投递。张恕在登闻鼓院门口徘徊许久后，仍不敢投递。过了一段日子，苏东坡出狱。后来他见到当年张安道为他求情的奏章副本时，不禁吐着舌头，神情紧张。有人问他为什么，他也不说。后来苏辙（字子由）看了副本，说：『难怪我哥哥要吐舌头了，这事还真是恕立了功。』我问（译者按：《元城先生语录》中记载的都是刘安世说的话，这个『我』就是刘安世）：『什么意思？』苏辙说：『你难道没听说汉朝郑昌为营救盖宽饶，上疏说「上无许、史之属，下无金、张之托」，这话正激怒宣帝。盖宽饶有什么罪？他的罪就是冒犯许、史这些权贵，郑昌再攻击他们，不是火上浇油吗？现在东坡也没什么罪，就是名气太大，风头压过了朝廷。张安道奏疏中却说「实天下之奇才」，不也是在激怒皇上吗？』我说：『那当时如果要救东坡，该怎么说呢？』苏辙说：『只要说大宋立朝以来，从不杀士大夫，现在陛下要是开先例，日后子孙会援例效仿。神宗好美名，对道义也有敬畏，或许能制止他。』

【梦龙评】这一条正可以与前篇李纲说服黄潜善任用张所的说辞相互对照。

## 安石失言损王巩

王定国素为冯当世所知①，而荆公绝不乐之。一日，当世力荐于神祖，荆公即曰：『此孺子②耳！』当世忿曰：『王巩戊子③生，安得谓之孺子！』盖巩之生与同天节④同日也。荆公愕然，不觉退立。

【注释】

①王定国：王巩，字定国，自号清虚，北宋大名莘县人，北宋名相王旦孙。

②孺（rú）子：小孩子。

③戊子：宋仁宗庆仁八年（1068年）。

④同天节：指宋神宗的生日。

【译文】

北宋的冯京（字当世）一直很赏识王巩（字定国），但王安石不喜欢他。一天，冯京在神宗面前力荐王巩，王安石说：『王巩只是个乳臭未干的小子罢了。』冯京很生气地说：『王巩是戊子年生，怎能说是乳臭未干的小子呢？』原来王巩和神宗是一天生日。王安石大惊，只得退到一旁。

## 邵康节急止富弼

司马公[1]一日见康节曰：『明日僧颙修开堂说法，富公、吕晦叔[2]欲偕往听之。晦叔贪佛，已不可劝。富公果往，于理未便。某后进，不敢言[3]，先生曷止之？』康节唯唯。明日康节往见富公，曰：『闻上欲用裴晋公礼起公[4]。』公笑曰：『先生谓某衰病能起否？』康节曰：『固也。或人言「上命公，公不起；僧开堂，公即出」，无乃不可乎？』公惊曰：『某未之思也！』

【注释】

①司马公：司马光。

②富公、吕晦叔：富弼、吕公著（字晦叔）。

③某后进，不敢言：司马光小富弼十五岁。司马光于仁宗宝元初中进士时，富弼已为达官。

④欲用裴晋公礼起公：裴晋公，裴度。裴度罢相后，为南西道节度使，出居兴元。至敬宗时，人多称度贤，不宜弃之藩镇，敬宗屡次遣使至兴元问候裴度，密示以还期。度因求入朝，复为相。起，起用。此言神宗欲用敬宗起用裴度的礼节来起用富弼。

【译文】

司马公有一天见到邵康节说：『明天僧人颙修开堂说法，富公、吕晦叔想一起去听。晦叔贪恋佛事，已不能劝说。富公果真前去，从道理上说不妥，我是后辈，不敢说，先生为什么不阻止。』康节连声答应。第二天康节去见富公，说：『听说皇上想用裴晋公的礼起用富公。』富公笑着说：『先生说我衰老多病能起用吗？』康节说：『肯定的。有人说「上命之，公不起；僧开堂，公即出」，恐怕有些不妥吧？』富公吃惊地说：『我没想到啊！』

## 宋均议吏心宽厚

东汉宋均①常言：『吏能宏厚，虽贪污放纵犹无所害。唯苛察之人，身虽廉，而巧黠刻剜②，毒加百姓。』识者以为确论。

唐卢坦，字保衡③，始仕为河南尉。时杜黄裳④为尹，召坦谕曰：『某巨室子，与恶人游，破产，盍察之？』坦曰：『凡居官廉，虽大臣无厚蓄，其能积财者，必剥下致之。如子孙善守，是天富不道之家。不若恣其不道，以归于人也。』黄裳惊异其言。

**【梦龙评】**只说得『酷』『贪』二字，但议论痛快，便觉开天。

【注释】

①宋均：字叔庠，东汉安众郡人，建武中为九江太守，郡多虎暴，常募设槛阱，而犹多伤害。

②巧黠（xiá）：欺诈狡猾。刻剜（wān）：苛刻严厉。

③卢坦：字保衡，河南洛阳人，由县尉、幕职转为寿安令，以宽限县人赋税罚俸而知名，累迁刑部郎中、御史中丞。元和三年，因论仆射裴均朝班逾位，为均所恶，罢为右庶子，出为宣歙池观察使。八年，

因激怒宰相李吉甫，出为剑南东川节度使。

④杜黄裳：字遵李，唐京兆万年人，宝应进士。代宗时，郭子仪辟为朔方从事，子仪入朝，主留后事务。

【译文】

东汉的宋均常说：『官吏能够宽厚，即使贪污放纵还不是祸害；只有把苛刻当明察的人，本人虽廉洁，可诡诈刻薄，毒害百姓。』

唐朝卢坦，字保衡，开始做官是河南尉，当时杜黄裳做河南尹，召见卢坦晓谕说：『某豪门人家的儿子，和恶人一块儿游玩，家产破败了，该怎么看待呢？』卢坦说：『凡做官廉洁的，即使是大臣也没很多积蓄。那些能积攒家产的人，肯定是盘剥百姓得来的。如子孙善于持家，那是上天让无道的家庭富有。不如放纵他的无道，把家产给别人。』杜黄裳对他的话感到惊奇。